suhrkamp taschenbuch 664

Herbert W. Franke, 1927 in Wien geboren, studierte Physik, Mathematik, Chemie, Psychologie und Philosophie. Er promovierte an der Universität Wien mit einem Thema aus der theoretischen Physik zum Doktor der Philosophie. Franke arbeitete eine Zeitlang an einem technischen Forschungsauftrag und war anschließend fünf Jahre in einem deutschen Industriewerk beschäftigt. Seit 1957 ist er freier Schriftsteller. Seine ersten Science-fiction-Geschichten publizierte er in den Jahren 1953 und 1954 in der Wiener Kulturzeitschrift *Neue Wege*. Weitere Veröffentlichungen: *Der grüne Komet*, 1960; *Das Gedankennetz* 1961; *Der Orchideenkäfig* 1961; *Die Glasfalle*, 1962; *Die Stahlwüste*, 1962; *Der Elfenbeinturm*, 1965; *Zone Null*, 1970; *Einsteins Erben*, 1972; *Ypsilon minus*, 1976; *Zarathustra kehrt zurück*, 1977; *Sirius Transit*, 1979; *Schule für Übermenschen*, 1980. Frankes Science-fiction wurde bereits in viele Sprachen übersetzt und mit mehreren Preisen ausgezeichnet. 1979 bekam er einen Lehrauftrag für eine »Einführung in die Science-fiction-Literatur« an der Fachhochschule Bielefeld. 1980 wurde Franke zum Mitglied des International PEN-Clubs gewählt; im selben Jahr wurde ihm der Berufstitel Professor verliehen.

Wie in seinen vorhergehenden Erzählungen und Romanen beschäftigt sich H. W. Franke auch in dieser Sammlung mit einem Themenbereich, den er für den ureigenen der Science-fiction ansieht: Konfliktsituationen zwischen der Gesellschaft und einer expandierenden Wissenschaft, Rückwirkungen technischer Eingriffe – nicht zu berechnen, aber vielleicht doch zu erahnen. Der Mensch inmitten einer künstlichen Umwelt, konfrontiert mit ungewöhnlichen Gefahren, aber auch mit überraschenden Chancen, Extrapolationen von Entwicklungslinien, weit über den heutigen Stand hinaus – Situationen solcher Art konkretisieren sich in Handlungen und Schauplätzen: Die Wohnmaschinen der modernen Stadt, Laboratorien und Forschungsstätten, aber auch Raumstationen und Planeten, weitab von den Geschehnissen des Alltags. Extremsituationen, die Grenzen der Belastbarkeit – das alles in einer nüchternen Sprache geschrieben, gelegentlich sogar in einer pseudodokumentarischen Diktion, in Form von Forschungsberichten, von fingierten Tonbandprotokollen.

Herbert W. Franke
Paradies 3000

Science-fiction-Erzählungen

Phantastische Bibliothek
Band 48

Suhrkamp

Redaktion und Beratung: Franz Rottensteiner
Umschlagzeichnung von Thomas Franke

suhrkamp taschenbuch 664
Erste Auflage 1981

Satz und Druck: Ebner Ulm · Printed in Germany
Umschlag nach Entwürfen von
Willy Fleckhaus und Rolf Staudt

Inhalt

Paradies 3000 7

Der Hölle entronnen 17

Endwert Null 25

Am Rande des Nebelstroms 40

Die Geschichte des Berry Winterstein 53

Das rosarote Universum 67

Verhandlung 85

Ferngelenkt 88

Raumfieber 91

Kursänderung 95

Aufstand der Alten 103

Sperrgebiet 112

Schaukampf 122

2000 Jahre später 141

Paradies 3000

Am 227. Tag des Jahres 3000 löste sich aus bisher ungeklärten Gründen eine Gondel der städtischen Schwebebahn aus der magnetischen Verankerung und stürzte 100 Meter tief ab. Glücklicherweise waren die Kabinen unbesetzt, so daß keine Toten zu beklagen sind. Lediglich zwei Passanten wurden leicht verletzt.

Ich habe meine Abendration nicht aufgegessen. Ich war beim Fernsehen unaufmerksam. Und was noch schlimmer ist: Ich habe keine Meldung gemacht. Die Essensreste warf ich in den Müllschlucker. Bei der Diskussion machte ich nur ein paar allgemeine Bemerkungen. Niemand ist das aufgefallen.

Das war ein böser Tag. Alles kam so plötzlich. Ich muß immer daran denken. »Frag nicht so viel«, habe ich selbst oft genug zu Sigi gesagt. Und nun möchte ich selbst Fragen stellen. Aber lieber nicht – die Psychos können so hartnäckig sein.

Noch zu Mittag, nach den Auflockerungsübungen, hätte ich mir nicht träumen lassen, daß sich die Welt so rasch verändern kann. Die Stadt sah aus wie immer – saubere Straßen, grünes Kunststoffgras, fröhliche Nobüs auf den Rollbahnen, und darüber, kaum durch Dunst getrübt, der gelbe Schein unserer Regionalsonne. Gedämpfte Musik aus den Lautsprechern, das Summen der Luftreiniger.

Ich stand mit Sigi auf dem Platz vor der Datenbank, und wir schauten den wechselnden Bildern des letzten Jagdspiels zu. Sigi ist nett. Seit einigen Zehnteljahren bin ich mit ihm liiert. Wir standen eng beisammen. Ich hielt ihn bei der Hand.

Und dann geschah es. Etwas rauschte, und keine 20 Meter von uns entfernt schlug die Gondel auf. Sie zerschellte, Trümmer flogen auseinander, einige ganz nahe an uns vorbei.

Glücklicherweise war der Platz ziemlich leer. Nur ein Nobü war noch näher als wir an der Aufschlagstelle. Als es vorbei war, sah ich ihn stehen – er stand seltsam gekrümmt, seine Augen waren weit offen, er blickte erstaunt . . . Er preßte eine Hand an die Hüfte, und dann sah ich etwas Rotes am Stoff seines Hemds. Es mußte Blut sein.

Innerhalb einer Minute war der Platz voller Nobüs. Alle drängten sich um den Verletzten herum, starrten ihn an, entgeistert, schockiert. Der entsetzliche rote Fleck wurde langsam größer. Der Verletzte versuchte, sich davonzustehlen, aber die Menge bildete eine unüberwindliche Mauer.

Das Zischen eines Hovercrafts. Die Leute wichen zurück. Der blutende Mann stand in der Mitte. Das Boot landete, Polies sprangen heraus. Sie errichteten einen Paravent, der die Sicht versperrte. Dahinter geschäftiges Treiben. Dann wurden die Schirme zusammengeklappt. Man sah nur noch einige Polies, die die Straße mit einem Desinfektionsmittel besprühten.

Natürlich brachten sie ihn fort. Das Schwebeboot erhob sich in die Luft. Die Menge zerstreute sich. Nur die Trümmer der Gondel blieben als Zeichen des Unglücks. Aber schon kamen Robbies heran, um aufzuräumen.

»Wird er abberufen?« fragte ich. »Er kann nicht viel älter als 20 sein.« Dann erst blickte ich Sigi ins Gesicht und bemerkte den Ausdruck unsagbaren Schreckens.

»Was ist mit dir?« fragte ich.

»Mich hat es erwischt«, antwortete er. Er hob eine Hand, und ich sah einen klaffenden Schnitt am Daumenansatz. Ein Splitter hatte ihn getroffen. Zuerst hatte er es gar nicht gemerkt. Mir wurde schlecht.

***

Die Kommission setzte sich aus Vertretern mehrerer Dezernate zusammen – aus Ärzten und Psychologen, Lehrern und Pädagogen, Pfarrern und Ordensschwestern, Theater- und Fernsehleuten. Den meisten von ihnen war die Atmosphäre eines Labors fremd, und sie standen ein wenig unsicher zwischen den Aufbauten aus elektronischen Schaltungen und Glasbehältern herum, vermieden es ängstlich, auf die wirr am Boden liegenden Leitungen und Schläuche zu treten.

Der Leiter des Psychotechnikcenters, Roger Weiss, führte sie an eine Reihe von Kojen heran – abgetrennt durch Kunststoffwände, die Einsicht von vorne frei. In jeder Koje stand eine Liege, und auf jeder Liege sah man eine reglose Gestalt. An der Hinterwand waren Maschinerien aufgebaut, durch Leitungen mit Helmen verbunden, die über die Köpfe der Liegenden gestülpt waren.

»Unsere Versuchspersonen stehen direkt vor der Abberufung«,

erklärte der Wissenschaftler, und er fügte, mit leicht spöttischem Blick an den Pater gewandt, hinzu: »Sie befinden sich jenseits von Gut und Böse.« Auf ein Zeichen hin legte sein Assistent einen Hebel um. In die Personen kam Leben, Arme und Beine zuckten, die Lippen bewegten sich, die zuvor starren Gesichter wurden lebendig, die Mienen drückten alles mögliche aus: Freude, Lust, Seligkeit, bei einigen auch Furcht und Schrecken.

»Diese Erfindung, meine Herren, kann unsere Kommunikationsmittel auf eine völlig neue Basis stellen. Es ist eine Anlage zum Einspielen von Informationen ins Bewußtsein. Kein Umweg mehr über Licht oder Schall – direkte Kommunikation. Ich brauche nichts mehr zu sagen – die Bedeutung können Sie selbst ermessen.«

Der Leiter des Dezernats für Bildungswesen trat vor. »Kann man auch Lehrinformation übertragen – so daß sie im Gedächtnis haftet?«

Der Psychotechniker nickte. »Das ist möglich.«

»Und wie steht es mit der Übermittlung von Unterhaltungsprogrammen?« fragte der Konsulent der Fernsehanstalten.

»Sie brauchen keine Bildschirme mehr. Die Programme werden ohne Umweg ins Gehirn gespielt. Ja – noch mehr: Man kann die Sendung so gestalten, daß der Adressat zum Mitspieler wird – daß er das, was geschieht, selbst erlebt und erleidet.«

Allmählich erholten sich die Männer von ihrer Verblüffung, das Spiel der Fragen und Antworten wurde lebhafter. Es war der Pater, der sich als erster für einen Test zur Verfügung stellte. Und was er nie für möglich gehalten hatte, geschah: Er war Jesse James, Tarzan, Frankenstein, Kapitän Nemo . . .

»Darf ich die Herren zum Essen bitten?« fragte der Gastgeber. »Danach können wir uns über die Auswertung unterhalten.«

***

Lil hat sich großartig benommen. Bisher hat sie mich noch nicht gemeldet. Ich werde ihr meinen Taschenrecorder schenken, ich weiß, daß sie ihn gern haben möchte. Vielleicht schweigt sie auch weiterhin. Das ist das Wichtigste.

Die Wunde schmerzt mich kaum, aber sie fängt immer wieder zu bluten an. Ich habe ein Papiertaschentuch zerknüllt und halte es in der Faust. Beim Unterricht habe ich mich zu konzentrieren versucht . . . ein Test – das wäre das letzte, was ich brauche. Aber die Gymnastik macht mir Sorgen. Heute kann ich auf keinen Fall mitmachen. Irgendwie muß ich mich drücken. Vielleicht verbessert sich mein Zustand bis morgen – es gibt Gerüchte, wonach Verletzungen von selbst abheilen können. Doch Definitives weiß keiner. Niemand, der sich verletzt hat und abtransportiert wurde, ist zurückgekehrt. Ich glaube, sie alle werden abberufen.

Wenn ich bis morgen durchhalte, ist schon viel gewonnen. Morgen haben wir Handarbeit, und ich komme an den Kitt heran. Es müßte doch möglich sein, den Schnitt zu verkleben.

Hoffentlich dreht Lil nicht durch. Heute abend haben wir unsere Gemeinschaftsstunde. Da ist sie meist sehr aktiv. Das mochte ich sonst immer gern, aber diesmal wäre es schlimm. Vielleicht läßt sie mich ausruhen, ich bin schrecklich müde. Ich werde sie darum bitten.

Ich bin noch so jung. Ich möchte noch nicht abberufen werden.

***

Sigi ist langweilig. Ich weiß nicht, was er hat. Soll er sich doch melden! Sie sagen, es wäre nicht schlimm, abberufen zu werden. Man fühlt nichts, man spürt nichts. Lange Zeit vergeht, aber man merkt nichts davon. 1000 Jahre wie ein Tag, eine Stunde. Es ist ein Warten auf etwas Schönes. Es ist nicht einmal sicher, ob man wieder so lebt wie jetzt, niemand weiß genau, wie es ist – nur daß es wunderbar ist, das steht fest . . .

Aber Sigi hat Angst. Er hat seine Wunde verklebt und behauptet, sie schmerzt ihn nicht mehr. Aber er spricht immer davon! Er denkt nach, er grübelt.

Freilich, ich möchte auch noch nicht abberufen werden. Ich bin 19 und habe noch elf Jahre Zeit. Ich bin ein guter Nobü und habe noch keine Fehlerpunkte. Ich habe die besten Chancen, 30 Jahre zu werden. Die darf ich nicht verspielen. Ob ich Sigi nicht doch melde?

Eigentlich weiß ich nicht, warum ich es nicht tue. Einerseits bin ich wirklich verärgert. Andererseits . . . Ich hatte schon viele Partner, und an ihm ist nichts Besonderes. Oder doch? Ich empfinde irgend etwas für ihn, was ich noch nie gespürt habe, aber es ist mir erst jetzt bewußt geworden. Oder bilde ich mir das nur ein? Liegt es daran, daß mit Sigi jetzt einfach etwas geschehen ist, was noch kein anderer erlebt hat? Das macht ihn schwächer als die andern, aber es bringt mich ihm auch näher.

Heute, in unserer freien Stunde, sind wir mit der Schwebebahn bis an die Grenze gefahren. Sigi wollte nicht spazierengehen – er ist matt, seine Wangen sind rot, und seine Augen trüb. Er saß in der Gondel, in sich zusammengesunken, und auf einmal hatte ich ein komisches Gefühl, als müßte ich ihn beschützen und betreuen – so wie ich das früher einmal mit Puppen gemacht habe, seinerzeit im Kinderland.

An der Endhaltestelle stiegen wir aus und sahen durch die Glaswand hinüber zu den Kühlhallen. Riesige Blöcke sind es, und sie erstrecken sich weit in die Ferne – einer hinter dem andern. Minus 140 ° soll die Temperatur im Innern betragen, und etwas davon merkt man selbst auf diese Entfernung. Es liegt eine Art Nebel darüber, und um die Konturen herum flimmert die Luft. Röhren aus Mattglas führen zu den Gebäuden, in gleichmäßigen Abständen bewegen sich darin die dunklen Zylinder der Tunnelbahn.

»Wie lange bleiben sie dort?« fragte Sigi. »Holt man sie wieder heraus? Glaubst du, daß man sie wirklich wieder herausholt?«

Ich wußte gleich, wen er meinte: die Abberufenen. Bisher hatte ich nie an dem gezweifelt, was ich im Unterricht gelernt hatte, und ich hatte auch keinen Grund, daran zu zweifeln. Bisher hat alles gestimmt – der Stundenplan für den Unterricht, die angesagte Speisenfolge, das Programm des Fernsehens, der Fahrplan der Bahn. Bisher hat alles funktioniert – die Laufbänder, die Heizung, die Klimaanlage, die Lufterneuerer, die Atomsonnen. Man sagt etwas, und es geschieht. Man schützt uns, und wir sind in Sicherheit. Wir sind eine Gemeinschaft tüchtiger Nobüs, und wir sind glücklich.

***

In der entspannten Atmosphäre des Mittagessens waren sie aus sich herausgegangen, hatten sich phantastische Möglichkeiten ausgemalt und sich über skurrile Utopien amüsiert. Jetzt, als die Verhandlung begann, waren sie mit einem Schlag wieder sachlich, sich ihrer Verantwortung bewußt.

Roger Weiss stand auf. »Meine Herren, Sie haben sich davon überzeugt, daß unsere Anlagen funktionieren. Die Erfindung ist produktionsreif – sie steht Ihnen zur Verfügung. Es gibt viele Möglichkeiten des Einsatzes; bitte, entscheiden Sie sich!« Er setzte sich und angelte sich ein Glas. Er sah gleichgültig aus, als ginge ihn das Ganze nichts mehr an.

K. L. Mouritzen, der Leiter der Kommission, ergriff das Wort. »Was Sie sagen, leuchtet mir ein«, sagte er. »Trotzdem ist zu fragen, ob der Einsatz einer solchen Methode mit unseren Grundsätzen übereinstimmt.« Er nickte dem neben ihm sitzenden Staatssekretär zu. Dieser hob den Blick nicht von seinen Notizen: »Nur zur Erinnerung: Das Gesetz der Medizin verlangt, menschliches Leben unter allen Umständen zu erhalten. Das Gesetz der Religion ist schwieriger zu umschreiben – es ist in den Regeln der Glaubenslehre zusammengefaßt. Es bedingt einige unserer wesentlichen Konzeptionen. Da es die Geburtenbeschränkung untersagt, müssen wir unsere materiellen und ideellen Mittel auf immer mehr Menschen aufteilen. Die Konsequenz daraus ist das Prinzip der Reduktion: Reduktion der Nahrung, des Wohnraums, der Lebensjahre, des Lernstoffs . . . Im Moment sind wir bei drei Quadratmeter Bodenfläche pro Person angelangt. Die aktive Lebenszeit liegt bei 30 Jahren. Da wir Leben unter allen Umständen erhalten, werden Normalbürger über dreißig eingefroren . . .«

». . . in der Hoffnung auf bessere Zeiten«, warf M. Jurubi vom Unterhaltungsdezernat süffisant ein.

»Es ist nicht unsere Aufgabe zu hoffen«, sagte der Staatssekretär, »sondern Leben zu erhalten. Und das geschieht . . .« Er hatte den Faden verloren und blätterte nervös in seinem Notizbuch.

»Genug!« sagte Mouritzen. »Die Frage ist, ob sich die Direkteinspielung von Information mit unseren Grundsätzen verträgt. Bitte, Dr. Shi-Yin!«

Der bekannte Arzt schüttelte den Kopf. »Es liegt ein Gutachten vor. Keine gesundheitlichen Schäden zu befürchten.«

Pater Olfhus lächelte entschuldigend: »Was uns interessiert, ist die Art der übermittelten Information. Wenn keine ethischen oder moralischen Werte . . .«

Mouritzen unterbrach ihn. »Das läßt sich kontrollieren. Wenn sonst keine Bedenken bestehen, so wäre zweitens zu prüfen, wer als Interessent in Frage kommt.« Er blickte Jurubi an.

»Neuen Methoden gegenüber sind wir stets aufgeschlossen.

Fernsehprogramme direkt ins Bewußtsein senden . . . warum nicht? Damit bieten sich ganz neue Gestaltungsmittel an: gezielte Auslösung von Emotionen, gesteuerte Enthemmung . . .«

R. Papoussot, Dezernat Unterricht, nützte ein Stocken in Jurubis Ausführungen aus: »Wozu Enthemmung? Viel wichtiger sind die Vorteile für Unterricht und Erziehung. Mit dem neuen Mittel gelänge uns die Übertragung des Lehrstoffes weitaus rascher als bisher. Wir könnten die Lernzeiten weiter reduzieren.«

Delgado, der Sozialstratege, schüttelte den Kopf. »Haben Sie die Kosten der Umstellung berechnet? Wir brauchen Millionen neuer Anlagen, die alten müßten verschrottet werden. Bedenken Sie weiter die sozialen Folgen, die eine solche Umstellung nach sich ziehen würde – alle Organisations- und Zeitpläne wären über den Haufen geworfen. Wir hätten mehr Freizeit, und Freizeit schafft Unruhe. Wir können uns keine Unruhe leisten.«

»Das sind zwei gewichtige Einwände«, sagte Mouritzen. »Zweifellos sind die Möglichkeiten, die die neue Methode bietet, faszinierend. Aber sie ist ihrer Zeit voraus. Vielleicht später . . . Ich glaube, vorläufig müssen wir auf den Einsatz verzichten. Ich danken Ihnen.«

***

Was soll ich tun? Während unserer Gemeinschaftsstunde lag Sigi auf der Couch und bewegte sich kaum. Er spricht selbst davon, sich zu melden, aber jetzt bin ich es, die ihm abrät. Jetzt, wo er mir eigentlich mehr Ärger macht als irgend jemand je zuvor, kann ich mir nicht mehr vorstellen, ihn zu verlieren. Mit einem Papiertaschentuch trockne ich seine Stirn, auf der sich immer wieder Schweiß ansammelt.

Unter dem Klebeverband hat sich die Wunde entzündet. Sie blutet nicht mehr, aber die Hand ist dick geschwollen. Sie muß ihm höllische Schmerzen bereiten. Ich habe fünf Dosen Stimu-Cola in unsere Kabine geschmuggelt – aber was nützt das schon? Ich kann ihm nicht helfen.

Er hat mich an sich gezogen, wir liegen still beieinander. Seltsamerweise berührt mich das mehr als alles andere, was wir sonst gemacht haben.

Dabei arbeiten meine Gedanken: Soll ich ihn irgendwo verstekken? Gibt es jemand, der mir helfen kann? Doch gerade die, die helfen könnten, die Medis und die Psychos . . . ich weiß nicht, wie ich es ausdrücken soll. Es ist, als stünden wir plötzlich auf der anderen Seite einer Mauer.

Sigi scheint ruhiger zu werden. Er schmiegt sich an mich. Ich liege ganz ruhig. Ich möchte weinen.

***

Die Gäste hatten sich verabschiedet und einen Saal voll schlechter Luft, leerer Gläser und zerknäulter Servietten zurückgelassen. Durch U-Bahn-Schächte und Tunnelrohre waren sie längst unterwegs zu den Wohnkuppeln ihrer Distrikte. Nur einer war zurückgeblieben – Pater Olfhus. Er und Roger Weiss waren alte Freunde – sie hatten gemeinsam studiert, und selbst ihre verschiedenen Berufe hatten sie nicht getrennt.

Über eine Wendeltreppe stiegen sie hinauf in die höchste Etage – einen Dachgarten von erlesener Pracht. Hier – unmittelbar unter dem Kuppeldach – gab es noch natürliches Licht, hier gediehen noch Agaven, lebende Steine, Ananasgewächse. Die Aussicht reichte weit über das Land – eine Ebene mit unzähligen Sammelbecken für Regenwasser, in denen Rotalgen schwammen.

»Sie haben dir deine Erfindung nicht abgenommen«, bemerkte Pater Olfhus. Sie standen an der Brüstung und blickten in den Dunst, der den Horizont verbarg.

»Ich habe auch nicht damit gerechnet«, antwortete Weiss. »Es war eine Formsache – sonst nichts.«

»Du hast von vornherein an uns gedacht«, stellte der Pater fest, »an uns – an die Kirche.«

»Ja«, bestätigte Weiss. Sie schwiegen eine Weile. Das Kunstglas der Kuppel ächzte im Ansturm des Winds.

»Warum gebt ihr es nicht auf?« fragte Weiss. »Das Prinzip der Reduktion . . . wie lange soll das noch weitergehen? Zu wenig Nahrung, zu wenig Ärzte. Normalbürger über 16 nicht mehr behandlungswürdig. Das Erbgut längst verdorben – Allergien, Hämophilie, Degeneration des Immunsystems . . . weil ihr die Kontrolle untersagt – die der Geburten und der Gene.«

»Wir wollen die Freiheit erhalten«, sagte Pater Olfhus.

»Nennst du das Freiheit? Sind die Normalbürger freie Menschen? Keine Bildung, keine Entwicklung. Kein Fortschritt. Das Prinzip der Reduktion. Demnächst werden wieder die Rationen gekürzt. Die Lebenszeit wird auf 28 Jahre herabgesetzt. Was ist das für ein Leben?«

»Es ist ein Leben der Unschuld«, antwortete der Pater.

»Und der Lohn?« fragte Weiss. »Der Lohn für ein unerfülltes irdisches Leben?«

Olfhus zuckte die Schultern. »Vielleicht die Hoffnung?«

»Wie könnt ihr Hoffnung erwecken, die sich nie erfüllt? Das Paradies versprechen – gegen besseres Wissen?«

»Eben«, sagte Pater Olfhus. »Das ist der Punkt.«

»Wir wollen es ihnen geben – das Paradies«, sagte Weiss. Es war eine Feststellung, keine Frage.

Der Pater nickte nur.

***

Nun ist es geschehen. Sie haben ihn geholt. Irgend jemand muß etwas bemerkt haben. Ich hoffe nur, daß er nicht glaubt, ich habe ihn angezeigt. Ich wollte hinlaufen, aber sie haben mich nicht zu ihm gelassen.

Ich habe es bisher erst vier- oder fünfmal erlebt: wenn die weißen Hovercrafts landen, die Polies ausschwärmen und einen aus der Menge herausholen – aus dem Unterricht, aus dem Gymnastikraum, vom Essen oder vom Fernsehen. Einen Moment lang denkt jeder: Bin ich es, den sie holen? Dann geht es schnell – sie laufen auf jemand zu, halten ihn fest, legen ihn auf die Bahre, die Bügel schließen sich, eine Decke entzieht ihn den Blicken. Im Laufschritt geht es fort. Nach einigen Sekunden ist alles vorbei. Es ist, als ob nichts gewesen wäre. Eine kleine Umordnung der Sitzverteilung – kein leerer Platz. Ein Schrank weniger in der Reihe, eine Koje neu zu vergeben. Die Registriernummer gelöscht, eine Akte geschlossen. Kein Grund, um bestürzt zu sein. Es ist nichts Böses geschehen, nur eine Maßnahme wurde getroffen. Keine Drohung, keine Strafe. Eine Operation an der Gemeinschaft. Der Betroffene wird es gut haben. Ihn erwartet eine bessere Welt. Sie haben uns viel erzählt – von dieser Welt – die hell ist und freundlich und klar. Und doch . . .

Seit es Sigi getroffen hat, kann ich nicht mehr so fröhlich sein wie früher. Ich habe einen neuen Freund und lasse mir nichts merken, aber ich muß immer an Sigi denken. Ich weiß, wo er sich befindet, und weiß doch nicht, was aus ihm geworden ist, was ihn erwartet. Es ist das, was uns alle erwartet. Ich hoffe, es ist nicht zu schlimm.

***

Ich spüre keine Schmerzen mehr. Nur zehn Sekunden lag ich unter dem Strahler – und schon war das Brennen in der Wunde vorbei – das pochende Gefühl in den Adern, der Druck im Kopf ... So leicht ist das. Eine Minute lang glaubte ich, ich bin geheilt, doch dann hob ich meine Hand und sah sie an – die Wunde sah so bös aus wie zuvor.

Eine Minute lang hoffte ich, ich könnte wieder zurück in die Stadt, zu den Freunden, zu Lil. Aber jetzt weiß ich es besser. Ich habe Angst. Sie sagen, es tut nicht weh. Aber es ist keine Angst vor Schmerz – eher Angst vor der Leere.

Ich liege auf der Bahre. Sie haben mich in einen Tunnelgleiter gebracht. Über mir wandern die Stützen vorbei, die irgendwo über der Dunstglocke das Kuppeldach halten. Sie erscheinen mir als Schatten. Das matte Glas verhindert die Sicht.

Dunkel über mir ... dann Lichtreihen ... ein hellerleuchteter Saal. Meine Liegestatt gleitet über ein Laufband, eine Maschinerie, betäubender Geruch, Berührungen, Schwerelosigkeit ... eine dunkle Öffnung ... Kälte. Nichts. Und dann wieder Helligkeit, Klarheit – hellblau und weiß, Wolken, Gesang. Und jetzt eine Stimme, dröhnend und sanft zugleich: »Willkommen im Paradies!«

Der Hölle entronnen

Das war es also, wovor er sich so sehr gefürchtet hatte: die Leere, das Nichts. Die Endlosigkeit, das Alleinsein. Wie lange hatte er geschlafen? Vier Wochen? Sechs Wochen? Er war auf seinem Lager festgeschnallt, Nadeln waren in seinen Venen eingestochen und versorgten ihn mit einem Minimum an Nährstoffen. Elektroden lagen an seinen Schläfen und überwachten den Metabolismus. Solange es zu verantworten war, gab der Automat einige Tröpfchen eines Schlafmittels bei . . . Bis er schließlich doch geweckt werden mußte. Auffrischung der Erinnerung – um die Kontinuität der Persönlichkeit zu erhalten. Und dann wieder Schlaf.

Nicht einmal ein Fenster hatten sie angebracht. Wozu auch? Für einen, der allein im Kosmos ist, sind die Sterne kein beruhigender Anblick. In der Nähe seines Kopfes brannte ein freundliches, orangefarbenes Licht. Dem Dunkel war der Eintritt verwehrt. Vom unabmeßbaren Abgrund war er durch einige Zentimeter Isolierstoff getrennt. Wanderer zwischen zwei Welten.

Klaustrophobie, Gefängniskoller . . . Die schlimmste Strafe, die es gibt. Doch es war keine Strafe. Man hatte alles getan, um ihm die Überfahrt zu erleichtern. Beruhigungsmittel, Stoffe, die positive Emotionen auslösten . . . Hoffnung, Freude, Erwartung . . .

Es war keine Strafe. Er hatte sich freiwillig gemeldet. Es war eine Auszeichnung. Sieben Jahre lang hatte er lernen müssen. Sieben Jahre lang hatte er trainiert. Sieben Jahre lang hatte er Kurse besucht, Lehrgänge mitgemacht, Prüfungen abgelegt. Er hatte es ertragen, denn es schien ihm der einzige Weg. Nun wußte er alles über interstellare Kommunikation, über universelles Recht, über extraterrestrische Diplomatie.

Vertreter der Erde – ein stolzer Titel. Am Aspekt dieser Auszeichnung gemessen, fühlte er sich verdammt schwach. Verdammt hilflos. Er hatte viel tun müssen, und es würde noch viel für ihn zu tun geben. Aber jetzt, im Zwischenreich . . . Das war es eben: warten, zur Untätigkeit verurteilt sein. Dem technischen System ausgeliefert. Eine Leitlinie durch das Nichts. Ein Weg zwischen bewegten Zielen. Eine Abweichung um ein Millionstel Grad – und er würde ins Unendliche hinaustreiben.

Das Leck eines winzigen Meteors – und ein leises Zischen würde das letzte sein, was er empfand.

Aber das war nicht zu befürchten. Das technische System war perfekt. Es gab Kontrollmechanismen, eine winzig kleine und doch universelle Rechenanlage. Ständige Prüfung der Parameter, automatische Ortung nach Sternpositionen. Sensoren – Fühler in die Unendlichkeit, Zeitvergleich mit Pulsaren –, die Quarzuhr am Pulsschlag des Kosmos. Und er selbst – eingesponnen zwischen Mikro- und Makroprozessen. Die eine Seite ebenso unvorstellbar wie die andere.

Ich grüble. Ich denke nach, ich hoffe, ich fürchte . . . Was war? Was wird sein? Nichts anderes war zu erwarten gewesen. Solange er normal denken konnte, war es gut. Sein Zustand war vorausberechnet. Sein Zustand war normal. Noch gab es Gelegenheit zur Beschäftigung. Noch war seine eingeengte Welt nicht selbstverständlich. Noch gab es Gelegenheit zur Überraschung, zum Staunen. Noch konnte er sich am Widersinn der Gegenwart reiben. Noch hatte er Stoff zur Auseinandersetzung. Noch konnte er sich selbst beobachten, seine Situation konstatieren, reflektieren, evaluieren. Noch gab es Fragmente aufgeschwemmter Emotionen auszukosten. Und da war ja auch noch seine Aufgabe. Alles, was er gelernt hatte, würde sich daran bewähren müssen. Es würde sich zeigen, ob man ihm das Richtige beigebracht hatte. Es würde sich herausstellen, ob er fähig war, sich des Vertrauens würdig zu erweisen. Noch nie war ein offizieller Botschafter der Erde in diese Gegend gekommen. Vielleicht ein paar Forschungsschiffe, Wissenschaftler, eine Besatzung, die eher aus Abenteurern bestand . . . Erstaunlich genug, daß man Verbindung aufnehmen wollte. Eines der Verbindungsglieder war er. Das andere . . . Irgendwann, auf der Mitte des Flugs, würde eine Kapsel an ihm vorbeirasen – so schnell, daß er nichts davon merken würde, selbst wenn die Sicht frei gewesen wäre, und in dieser Kapsel würde der Vertreter dieser fremden Welt sitzen oder liegen oder stehen, schlafend oder wachend oder in irgendeinem anderen Zustand, den fremde Intelligenzen dieser Art benutzen, um lange Zeiten zu überbrücken.

Botschafteraustausch über Welten hinweg, über Zeit und Raum. Eigentlich ein tolles Abenteuer, eigentlich unfaßbar, eigentlich so irreal, daß es bereits wieder banal wurde. Er hätte genausogut in einem Bunker sitzen können, eingesperrt, abgeschnitten von der Umgebung, Monate und Jahre hindurch. Hier gab es keine Abwechslung, hier gab es keine Signale, keine Information von außen, keinen Austausch von Worten oder Gedanken, und deshalb war es schließlich gleichgültig, wo er sich befand, ob er sich bewegte oder ob er still lag. War das überhaupt zu unterscheiden? Denn im Weltraum, Lichtjahre von jeder stabilen Massenansammlung getrennt, gab es keine Begriffe wie Ruhe oder Bewegung, und es war nicht einmal gewiß, ob es so etwas wie eine Zeit gab, ob es so etwas gab wie menschliches Leben, Denken, Wünschen, ob es Gefühle gab, und ob es, wenn es sie gab, dieselben Gefühle waren, wie man sie inmitten einer am Alltag orientierten Menschenmasse empfand.

Aber immer noch gab es das Ziel: Botschafter auf einem fremden Stern. Verhandlungen mit hochgestellten Persönlichkeiten, Gespräche auf diplomatischer Ebene. Ehre, Macht, Immunität, extraterritoriale Rechte. Weltpolitik. Entscheidungen, Entschlüsse, Meilensteine historischer Entwicklungen. Freundschaft zwischen Andersartigen. Friede im Kosmos.

Aber würde es so sein? Sicher nicht. Sie waren Fremde. Sie waren mehr als fremd. Es gab keine Persönlichkeiten, es gab keine Gespräche. Und was ist Ehre – inmitten körperloser Wesen, in eine fremde Welt verpflanzt, für immer ohne Wiederkehr, ohne Anerkennung, ohne Lohn, ohne Hoffnung, ohne Erwartung – seine Pflicht zu erfüllen, das war alles. War es genug? War es ausreichend? War es sinnvoll? Ist man dann bereit, alles zu geben, ist man dazu fähig? Wie kann man sich um einen solchen Posten bewerben? Wer bewirbt sich dafür? Kann es ein normaler Mensch sein? War nicht schon der Entschluß ein signifikantes Zeichen für eine entwurzelte Persönlichkeit, Hinweis auf einen pathologischen Fall? Konnte es nicht nur die Folge von Verzweiflung sein? Von Ausweglosigkeit? Reaktion einer labilen Gemütsverfassung?

Und da war sie wieder, die Vergangenheit, seine ganz private Hölle. Nicht die Hölle des klassischen Altertums, nicht die Hölle des Teufels. Nicht die Hölle des Wahnsinns. Eine ganz banale Hölle, die Hölle der Trostlosigkeit, die Hölle der Resignation, die Hölle der Langeweile. Lächerlich, es auszusprechen, lächerlich, daran zu denken . . . er hatte nicht daran denken wollen! Doch nun war sie wieder da, die Vergangenheit, und sie quälte ihn, obwohl er ihr schon entronnen war, und sie griff noch einmal nach ihm, und es war wieder da, das Zweifeln, das Grübeln. Obwohl alles in einem Abgrund der Endgültigkeit abgetaucht war, stiegen die zermürbenden Gedanken wieder an die Oberfläche, die Rechtfertigungen, die Entschuldigungen, die Ausreden, die Argumente ... Du interessierst dich ja nur noch für den Beruf. Ich bedeute dir nichts. Seit drei Wochen sind wir nicht mehr ausgegangen. Du hörst mir ja gar nicht zu, wenn ich dir etwas erzähle. Auch den tropfenden Wasserhahn hast du nicht repariert. Warum hast du Bessy erlaubt, bis Mitternacht auszubleiben? Warum borgst du Ted das Motorboot? Warum hast du gegen mich Partei ergriffen? Es ist dir gleich, ob du mich lächerlich machst ... Aber ja, du hast ja recht, Liebling. Gewiß, ich hätte anders reagieren sollen ... Nein, sicher liegt es ganz an mir. Aber könntest du nicht ... gewiß, ich werde nach dem Wasserhahn sehen. Und ich werde mich einmal mit deiner Mutter unterhalten. Ja: Ich habe zugehört. Es war ein Mißverständnis; ich wollte dich nicht kränken ...

Pflichten der Familie gegenüber. Pflichten der Menschheit gegenüber. Er ließ sich zu den Sternen schießen. Und das war – so hatte man ihm gesagt – von außerordentlicher Wichtigkeit. Es war so wichtig, daß man dafür Familien trennen durfte, den Kreis der Angehörigen verlassen, sich von der Erde entfernen und seine eigene Existenz aufgeben. Aber wer tat das? Die ihn geprüft hatten ... Hielten sie ihn für normal? Fragten sie sich nicht, wieso er dazu kam ... Interessierte sie das nicht?

Gibst du Ted schon wieder Taschengeld? – Er kauft sich doch nur Zigaretten dafür. Es ist eine Brüskierung, wie du mich vor den Kindern behandelst. Wenn ich das vorher gewußt hätte? Ja – vor zehn Jahren, da habe ich dir noch viel bedeutet. Da hast du mir das Blaue vom Himmel herunter versprochen. Heute bist du nicht einmal bereit, das Geschirr in den Wandschrank zu räumen. Es ist nur eine bescheidene Bitte, aber du hast sie ignoriert. Ein kleines Geschenk, ein paar Blumen – nein, nein, du brauchst mir nichts zu schenken. Ich wüßte ja, daß es nicht von Herzen kommt. Laß mich: Ich besorge meine Geschenke selbst. Aber für Bessy hast du immer etwas übrig. Und Ted verwöhnst du geradezu. Glaubst du, man kann Liebe durch Geld ersetzen? Wann hast du schon für uns Zeit! Kein Wochenende, kein Urlaub. Dein Fotoapparat interessiert dich mehr als wir. Dabei habe ich dir nie Grund gegeben ... Was habe ich nicht alles getan – bis wir so weit waren. Niemand hat gefragt, woher ich die Kraft nehme. Der Haushalt, die Kinder, der Beruf. Gewiß, du hast auch gearbeitet, aber ich weiß doch, daß dir das Freude macht. Du hast es für dich selbst getan. Du vergräbst dich in deine Pflichten. Aber ich bin nicht bereit, mir das länger bieten zu lassen ...

Vielleicht hatte er sich davor am meisten gefürchtet: daß ihn die Gespenster der Vergangenheit ereilen würden. Aber schon trennte ihn der lange Tunnel, der nur in einer Richtung zu durchmessen war, und nichts würde ihm wiederbegegnen, es sei denn, er trüge es selbst mit sich. Es ist vorbei, es ist vorbei. Er sagte es sich immer wieder, bemühte sich, an die Zukunft zu denken. Aber die Zukunft – was war das schon! Die Zukunft war ein unbeschriebenes Blatt. Die Zukunft entzog sich jeder Vorstellung. Aber nein – man hatte ihm jede Information gegeben, die er gewünscht hatte. Man hatte ihn mit den Leuten konfrontiert, die den Kontakt geknüpft hatten, und er hatte sich stundenlang mit ihnen unterhalten. Wer sind sie? Wie ist es dort? Wie verständigt man sich? Wie empfindet man dort? Und er hatte Antworten erhalten – eine ganze Menge. Aber was war schon Konkretes dabei? Was war verständlich? Sie hatten ihn beruhigt: eine fortgeschrittene Kultur, Intelligenzen, so fremdartig auch immer, so doch voller Verständnis für die anderen. Es würde ihm an nichts fehlen. Gewiß – er würde sich nicht im üblichen Zustand befinden, sein Körper würde nicht derselbe Körper sein, seine Hand nicht dieselbe Hand, sein Gehirn nicht dasselbe Gehirn. Transformation der Lebensform. Neue materielle Grundlagen. Ein neuer Metabolismus. Und doch würde er existieren, seine Persönlichkeit würde erhalten bleiben, er würde keinen Mangel leiden, man würde ihm die Wünsche von den Augen ablesen – nein, nicht von den Augen: Sie hatten die Möglichkeiten, Bilder aus dem Gehirn zu holen. Sie würden für ihn sorgen. Er würde betreut werden wie noch kein Mensch zuvor. Nein, nein, sie waren nicht aus Fleisch und Blut, und auch er würde diese Existenzform aufgeben, unwiederbringlich ... aber wie war es dann zu verstehen ...? Er konnte doch nicht in einem ständigen Zustand der Betäubung leben. Er konnte doch nicht einen endlosen Traum durchmessen! Sie konnten ihn doch nicht in ständiger Halluzination halten! Wie konnten sie überhaupt verstehen, was er wünschte, und was nicht? Was wußten sie von Empfindungen und Gefühlen? Sie kannten keine menschlichen Wertmaßstäbe – wie konnte es anders sein? Darüber durfte er sich nicht täuschen lassen. Er hatte es gewußt, und er war damit einverstanden gewesen. Aber wie auch immer: Er hatte nichts zu fürchten – alles war vorbereitet, und wenn ein letzter Zweifel blieb, so gehörte er einfach dazu – als Motor der Unruhe, als Gegengewicht zur Lethargie. Und es war auch nichts Ungewöhnliches – bei keiner Autofahrt, bei keinem Flug, bei keinem Schritt aus dem Haus war das anders . . . Aber er würde ja nie wieder . . . oder doch?

Nach einer Weile wurde er müde und schlief ein. Und dann erwachte er wieder, und wieder kamen die Gedanken . . . Sie sind völlig anders als wir . . . Sie werden alles für dich tun . . . Sie haben alles vorbereitet . . . Es wird dir an nichts fehlen . . . Und alles würde vorbei sein, was er nicht mehr zu ertragen geglaubt hatte, alles, was ihm den Rücken gestärkt hatte, um sieben Jahre Vorbereitungen zu ertragen . . . Bei unserer letzten Gesellschaft hast du dich einfach unmöglich benommen . . . Warum ziehst du die Straßenschuhe nicht aus – es ist wirklich eine Rücksichtslosigkeit . . . Je weiter er flog, um so unwirklicher wurde seine Existenz, um so fragwürdiger, um so absurder. Sein Lager, die Kapsel. Er konnte sich nicht bewegen. Was war außerhalb? Was war davor, was war danach? Was war wahr, was bildete er sich nur ein? Wer war er? Wer würde er sein?

Er schließ ein, und er erwachte, und er schlief ein, und er erwachte . . . und er schlief ein . . .

Als er wieder erwachte, fühlte er gleich, daß es diesmal etwas anderes war. Er spürte einen sanften Druck an seinem Rücken – Schwerkraft oder Beschleunigung . . . Das konnte nur eins bedeuten: Er war dem Ziel nahe.

Wie weggewischt die langen Monate und Jahre seines Flugs, die Gespenster der Vergangenheit begraben. Er merkte es deutlich: Wenn er diese Kapsel verließ, hatte er alles hinter sich. Das war der Schritt, um den es ihm gegangen war. Der Schritt über die Grenze. Dann gab es nur noch eins: die Zukunft! Und was auch immer sie bringen würde, er würde es dankbar auf sich nehmen. Mit Ungeduld erwartete er die Konfrontation mit den Fremden.

Und wirklich war es so, wie man es ihm beschrieben hatte – und doch wieder anders. Eines jedoch stimmte: Es war nicht zu beschreiben. Plötzlich waren sie da, körperlos. Wodurch er ihre Anwesenheit bemerkte? . . . Es ließ sich nicht beantworten. Wie er sich verständigte? Er hörte sie, er sprach mit ihnen, aber wie . . . er hätte es nicht sagen können. Er fühlte sanfte Versuche, mit ihm bekannt zu werden, und er tat sein Bestes, sich diesen Bemühungen zu erschließen. Aber er brauchte Zeit dafür. So lange hatte er sich eingekapselt, daß es ihm unmöglich war, sein Innerstes plötzlich zu entblößen. Erst allmählich gelang es ihm, Vertrauen zu ihnen zu fassen, sie seine Gedanken lesen zu lassen, ihnen zu zeigen, woran er dachte, was ihn bewegte. Er fühlte, wie sie seine inneren Bilder aufsogen. Er fühlte, daß sie es gut mit ihm meinten. Er fühlte, wie sehr sie sich für ihn und seine Heimat interessierten. Alles schien für sie wichtig zu sein: Wie er gelebt hatte, wie die Erde aussah, wie die Menschen waren, ihre Häuser, ihre Wohnungen . . .

Aber was verstanden sie wirklich davon? Überblickten sie wirklich die Zusammenhänge, den Sinn? Was wußten sie von Einstellungen, von Gefühlen? Wußten sie, was schön war und was böse? Was gut war, und was schlecht?

Auf einer Spiralbahn näherten sie sich dem Planeten. War es hier dunkel, war es hell? War es warm, war es kalt? Es gab ganz andere Eigenschaften hier, und er konnte sie fühlen, wenn auch nicht beschreiben. Sie landeten, und man begrüßte ihn. Auf einem Aerodrom, einer Raketenbasis, einem Hafen? In dieser Welt gab es keine Luft, kein Licht, keine Schwerkraft. Er hatte eine kurze Unterredung, und als sie vorbei war, fühlte er, daß er gut reagiert hatte, die richtigen Worte gefunden – oder das, was hier anstelle der Worte trat.

Würde es immer so bleiben? Würde er weiterhin im Ungewissen schweben? Würde er in einer Wolke leben müssen? Es war eine räumliche Wolke, in der er sich befand, und er hätte nichts dagegen gehabt, für immer hier zu bleiben. Doch sie meinten es gut mit ihm, und sie brachten ihn in sein neues Domizil.

Und als er dann ankam, lichtete sich plötzlich die diffuse Masse um ihn herum, und die fremden Wesenheiten blieben zurück, und er verließ den Wagen oder das Flugzeug oder was auch immer es war, und er stand auf dem mit Steinen ausgelegten Weg, und er ging am weißgestrichenen Zaun vorbei, und vor ihm öffnete sich die Tür, und seine Frau trat heraus und sagte: Hättest du nicht ein wenig früher kommen können . . . Jetzt muß ich das

Essen aufwärmen . . . Du mußt noch die Mülltonne hinaustragen . . . Aber mach die Tür hinter dir zu – es zieht . . . und beeil dich . . . aber vergiß nicht . . . aber vergiß nicht . . . aber vergiß nicht . . .

Endwert Null

Die erste Meldung über eine Kette höchst merkwürdiger Ereignisse hörte sich ganz harmlos an: »Am 8. Juli 2080 fand zu Ehren der Emeritierung von Prof. Dr. Dr. h. c. Erik Koenig im Institut für Advanced Studies eine kleine Feier statt. Aus der Hand des Ministers für Forschung und Technik nahm der Wissenschaftler die Goldene Verdienstmedaille in Empfang, die bisher nur an 24 verdiente Persönlichkeiten verliehen wurde. Er beendete damit eine nahezu dreißigjährige ununterbrochene Tätigkeit als Forscher und Lehrer. Sein Spezialgebiet war die maschinelle Intelligenz. Einige seiner adaptiven Programme werden längst in Fabrikation und Verwaltung eingesetzt. Der Gelehrte, der kurz vorher in voller Gesundheit seinen 65. Geburtstag gefeiert hat, wird nach eigenen Angaben eine Erholungsreise in die Karibik antreten.« Was damals noch niemand wissen konnte, doch dieser Meldung eine besondere Nuance gibt: Prof. Koenig ist von dieser Reise nicht zurückgekehrt. Das letztemal wurde er bei seiner Ankunft auf den Bahamas gesehen, doch seither fehlt von ihm jede Spur. Ob die Ermittlungen mit vollem Nachdruck geführt wurden, läßt sich von hier aus nicht beurteilen. Tatsache ist, daß Prof. Koenig bis heute verschollen blieb.

Mit dem Schicksal von Prof. Koenig begann man sich aber erst verhältnismäßig spät zu beschäftigen – als der kommissarische Leiter des Instituts, der die Zeit bis zur Berufung eines neuen Chefs überbrücken sollte, mit einer Art Bilanz begann. Zu seinem Erstaunen fand er nämlich nur die Unterlagen über einige relativ unwichtige Nebenprojekte vor. Vom Lebenswerk des ausgeschiedenen Institutsleiters dagegen fehlte jede Spur. Des Rätsels Lösung erbrachte erst ein Brief an das zuständige Ministerium, den Prof. Koenig am Tag seines Ausscheidens abgesandt hatte und der durch ein Versehen 14 Tage auf einem Schreibtisch liegengeblieben war. Wir geben ihn hier ungekürzt wieder.

Brief von Prof. Dr. Dr. E. Koenig an das Ministerium für Forschung und Technik.

Sehr geehrter Herr Minister!

Wie Ihnen durch diverse Zwischenberichte bekannt ist, habe ich seit acht Jahren an einem Programm mit dem Namen DECISION gearbeitet. Es handelte sich um ein adaptives Softwarepaket, mit dem erstmalig die seinerzeit von John von Neumann stammende Idee der Selbstentwicklung eines Computers verwirklicht werden sollte. Ich darf Ihnen mitteilen, daß über dieses Projekt keine Unterlagen vorliegen. Das liegt nicht vielleicht in Schwierigkeiten oder Mißerfolgen, sondern am Gegenteil: Nachdem es mir gelungen war, eine neue, rückgekoppelte Logik zu entwickeln – im Zusammenhang mit den Problemen der Selbstreparatur und -organisation – kam ich verhältnismäßig schnell zum Ziel. Und das Ergebnis übertraf alle meine Erwartungen. Für mich besteht kein Zweifel daran, daß die Menschheit durch das Programm DECISION auf völlig neue Wege geführt werden würde. Die Ziele sind nicht abzusehen, und somit ist auch eine Beurteilung der Konsequenzen nicht möglich. Ich habe schon oft in der Öffentlichkeit die Meinung vertreten, daß der Mensch, und insbesondere der Wissenschaftler und Techniker, nicht alles realisieren muß oder darf, was realisierbar ist. Ein solcher Fall ist nun eingetreten. Da das Programm DECISION gefährliche Entwicklungen einleiten könnte, habe ich es vernichtet. Ich hoffe, daß Sie meine Entscheidung respektieren.

Mit vorzüglicher Hochachtung

E. Koenig

Auszug aus einem Hearing des Ministers für Forschung und Technik

Minister Meine Herren, ich danke Ihnen, daß Sie gekommen sind. Über den Grund habe ich Sie informiert – es handelt sich um die Vernichtung des Programms DECISION durch Prof. Koenig. Ich muß gestehen, daß ich etwas ratlos bin. Zunächst wäre ich Ihnen dankbar, wenn mir jemand eine verständliche Erklärung geben könnte: Was hat es mit dem Programm DECISION auf sich?

Prof. Pazzini (räuspert sich) Nun, Sie wissen, daß sich Kollege

Koenig mit maschineller Intelligenz beschäftigt hat. Allem Anschein nach ist er wesentlich weitergekommen, als wir alle angenommen haben.

Minister Sie meinen – Roboter?

Prof. Pazzini Roboter? Nein! Darum ging es ihm gewiß nicht. Was die technische Umsetzung abstrakter Gedankengänge betrifft, da war er – wenn ich mir diese Anmerkung erlauben darf – nicht ganz auf der Höhe.

Minister Abstrakte Gedankengänge?

Prof. Pazzini Ja, eine neue Art von Logik. Das deutet ja schon der Hinweis auf die Kreisfunktionalität an – ein bemerkenswerter Gedanke. Offenbar ist es ihm gelungen, formale Systeme zu entwickeln, bei denen die logischen Zustände rückgekoppelt sind. (leise, für sich) Wirklich bemerkenswert!

Minister Jetzt verstehe ich noch weniger als zuvor. Handelt es sich um theoretische Spielereien? Warum hat Prof. Koenig sein Ergebnis vernichtet?

Prof. Toff An dieser Stelle muß man zumindest erwähnen, daß die Kybernetiker das Einsetzen rückgekoppelter Prozesse für den Beginn des Lebens nehmen. Sollte es Kollegen Koenig gelungen sein, formale Systeme mit Rückkopplung zu entwerfen, dann würde das tatsächlich einen wesentlichen Fortschritt bedeuten. Würde man Computer nach diesem Kalkül programmieren, so würden sie so etwas erwerben wie Autonomie.

Prof. Pazzini Genau das wollte ich ja sagen!

Minister Nun sagen Sie doch endlich, was das für praktische Auswirkungen haben könnte!

Prof. Toff (zögernd) Ich will mich hier lieber vorsichtig ausdrükken. Vielleicht klingt es etwas paradox: Ein autonomes Programm braucht nicht programmiert zu werden. Es programmiert sich selbst. Dabei ist es in der Lage, sich nach bestimmten, in sehr allgemeiner Weise gegebenen Vorschriften zu richten. Es trifft nicht nur die Entscheidung für den besten Weg, der zum Ziel führt, sondern sorgt auch für die Ausführung.

Minister Es ist also ein hochentwickeltes System der Kontrolle und Steuerung – wenn ich richtig verstanden habe. So etwas müßte sich doch auch industriell einsetzen lassen.

Prof. Pazzini Sowohl in der Industrie wie auch in der Verwaltung gibt es eine Menge von Aufgaben, für deren Lösung autonome Programme eingesetzt werden könnten. Ich denke hier an exponentielle Optimierung, automatische Störausschaltung, Problemlösungsvorgänge höherer Komplexität . . .

Prof. Toff Vielleicht könnte man es noch etwas konkreter ausdrücken: Dieses Programm bietet ideale Voraussetzungen für einen Prozeßrechner. Es ist im Stande, schwierigste Aufgaben selbständig durchzuführen. Es könnte beispielsweise die Energieversorgung eines ganzen Landes kontrollieren, den Verkehr steuern, Regierungsaufgaben übernehmen . . .

Minister (nachdenklich) Aha! Vielleicht liegt hier der Schlüssel zur verhängnisvollen Entscheidung von Prof. Koenig – was meinen Sie?

Prof. Pazzini Ich kann es mir nicht denken. Gewiß, theoretisch – ein solches Programm könnte über Leben und Tod entscheiden, über Sein oder Nichtsein. Aber eben nur auf dem Papier. Der Mensch braucht es ja nur so lange arbeiten zu lassen, als er mit den Leistungen einverstanden ist.

Prof. Toff Ich sehe es ein wenig anders. Ein solches System würde Zusammenhänge überblicken, die dem Menschen grundsätzlich verschlossen sind. Und es würde aufgrund seiner Einsichten handeln, lange bevor der Mensch die Konsequenzen begreift. Ja – ich glaube, ich verstehe Kollegen Koenig: Der Schritt zu autonomen Computerprogrammen könnte die Entmündigung der Menschheit bedeuten.

Minister Ich glaube, das genügt. Nochmals besten Dank, meine Herren.

Obwohl es sich bei den anstehenden Problemen um rein theoretische Fragen handelte, begann sich die Öffentlichkeit doch dafür zu interessieren – vermutlich wegen einiger Indiskretionen aus dem Institut. Wir geben die Kommentare von zwei größeren Zeitungen wieder.

Acht Jahre arbeitet ein ganzes Institut an einem Projekt, und dann drückt der Chef aufs Knöpfchen und löscht die Daten aus. Dem Vernehmen nach soll er es sich in der Karibik gutgehen lassen – seine Pension dürfte für ein flottes Leben reichen. Einige Kreise bewundern diesen Herrn noch, betonen sein Verantwortungsgefühl. Anderen erscheint er eher als eine zwielichtige Erscheinung. Was er vernichtet hat, ist ja nicht sein Eigentum, sondern es gehört uns allen. Sein Institut wird von der Öffentlichkeit unterhalten, die hohen Gehälter der Wissenschaftler stammen aus Steuergeldern. Wir erinnern uns noch daran, daß der Großcomputer, der auf Betreiben von Prof. Koenig erst vor drei Jahren in seinem Institut installiert wurde, über 10 Millionen DM kostete. Und nun: außer Spesen nichts gewesen! Wie wir aus Technikerkreisen erfahren haben, hätte man mit dem Programm DECISION einen gewaltigen Fortschritt erzielt, der unser aller Leben erleichtert hätte. Eine verbesserte Steuerung von Fabrikationsprozessen bedeutet ja auch ein ökonomischeres Arbeiten – die Ersparnis von Geld, Zeit und Energie. Eine Optimierung der Verwaltung durch ein hochentwickeltes Programm ließe darauf hoffen, daß es mit manchen Mißständen und Leerläufen der Administration zu Ende geht. Vielleicht hätte das Programm DECISION sogar zur Sicherung des Weltfriedens beitragen können. Und nun – die ganze Arbeit umsonst. Für uns ist Prof. Koenig kein Held, sondern ein Betrüger und Verschwender.

Da hat sich einmal ein Wissenschaftler ein Herz gefaßt und seinen Auftraggebern entgegengeschleudert: bis hierher und nicht weiter! Ist es ein Wunder, daß er von gewissen, der Regierung nahestehenden Kreisen angepöbelt wird! Prof. Koenig wird schon gewußt haben, was er tat. Schlimm genug, daß er sich dazu hergegeben hat, viele Jahre seines Lebens der Entwicklung jener Systeme zu widmen, die den Menschen in steigendem Maß seiner Welt entfremden. Zuerst hieß es, der Computer würde uns von langweiliger Routinearbeit entlasten, für neue Aufgaben frei machen. Wo sind nun diese neuen Aufgaben – abgesehen von der Entwicklung weiterer Computer? Und dann die Mikroprozessoren, die dezentralisierte Intelligenz . . . die Freisetzung von Kreativität hat man uns verheißen, Malerei- und Musikmaschinen, kreative Spiele, die uns vom stumpfsinnigen Freizeitkonsum abhalten. Und was wurde daraus? Das Heer der Arbeitslosen stieg. Und nun das »autonome Programm«! Angeblich geht es wieder um eine Entlastung, diesmal um die Entlastung von unangenehmen Entscheidungen – das alles besorgt jetzt der Computer. Wie aber sieht die Kehrseite der Medaille aus? Bald wird der Mensch die letzte Möglichkeit verwirkt haben, sein Leben eigenständig zu gestalten. Jetzt schon wird er vom Computer gegängelt, der sich aber wenigstens noch abschalten läßt. Doch so ein »autonomes System«? Prof. Koenig wird gewußt haben, was damit auf uns zugekommen wäre. Die Uhr stand fünf Minuten vor zwölf, und er hat sie im richtigen Zeitpunkt angehalten. Er verdient unsere volle Achtung und Anerkennung.

Im Gegensatz zur Bedeutung des Geschehens, wie es sich in diesen Texten andeutet, nahm die Öffentlichkeit eigentlich kaum davon Notiz. Und selbst jene Notizen, von denen wir zwei wiedergegeben haben, erschienen eher als Glossen – in jenem Randbereich der Presseinformation, in den man Dinge bringt, von denen man nicht weiß, ob man sie ernst nehmen soll oder nicht.

Fast schien es, als würde diese Geschichte im Sand verlaufen, als sich plötzlich eine überraschende Wendung ergab. Bezeichnenderweise war es ein Psychiater, der den Minister für Forschung und Technik in einer wichtigen Angelegenheit persönlich zu sprechen wünschte. Als man ihn mehrmals an untergeordnete Instanzen abzuwimmeln versuchte, entschloß er sich zu einem verhängnisvollen Schritt: Er schrieb einen offenen Brief ans Ministerium, den er durch eine Illustrierte publizieren ließ; als Beweis legte er ein Tonband bei. Dieses wurde in Auszügen wiedergegeben, und dadurch wurde ein Umstand bekannt, den man sicher besser intern abgehandelt hätte. (Über die Frage, ob ein Psychiater berechtigt ist, von Ratsuchenden erhaltene Informationen an die Öffentlichkeit zu bringen – auch wenn das im allgemeinen Interesse zu liegen scheint –, wird, wie wir erfahren haben, in einem Grundsatzprozeß entschieden werden.)

Psychiater Nun machen Sie es sich bequem, entspannen Sie sich. Und keine Hemmungen! Sie wissen, daß Sie mir alles anvertrauen können.

Dr. Dessenbrinck Ich weiß ja nicht, ob das wirklich der Grund für meine Schlaflosigkeit ist . . . Aber ich komme einfach zu keinem Ergebnis. Ich grüble und grüble . . .

Psychiater Nur Ruhe! Wir haben Zeit. Überlegen Sie – und fangen Sie ganz von vorne an!

Dr. Dessenbrinck Wahrscheinlich sollte ich es für mich behalten . . .

Psychiater Aber nein, Sie sollen alles offen sagen. Sie brauchen sich über nichts zu genieren. Ich habe für alles Verständnis. Haben Sie sexuelle Schwierigkeiten? Wahrscheinlich liegt die

Ursache in Ihrer Kindheit . . .

Dr. Dessenbrinck Aber keine Spur! Es liegt erst eine Woche zurück.

Psychiater Na schön, wir werden sehen. Und nun sprechen Sie sich aus.

Dr. Dessenbrinck Es handelt sich um das Programm DECISION. Sie wissen, was ich meine? Das Projekt von Prof. Koenig.

Psychiater Ja, ich habe davon gehört.

Dr. Dessenbrinck Er hat es vernichtet. Die Bänder durch das Wirbelfeld laufen lassen. Die Arbeit von acht Jahren. Auch meine Arbeit.

Psychiater (brummend) Und weiter!

Dr. Dessenbrinck Er hat mir erklärt, warum er es getan hat. Er meinte, die Menschheit sei noch nicht reif dafür. Da würde etwas in Bewegung kommen . . . etwas, was sich nicht aufhalten läßt. Er sagte, daß die Intelligenz, die auf diese Weise entsteht, jene des Menschen weit übertrifft. Er sagte, die Folgen wären genau so entscheidend wie die Konfrontation mit außerirdischen Intelligenzen, die uns überlegen sind. Die Konsequenzen wären stärker als die aller Revolutionen, die es bisher auf der Erde gegeben hat.

Psychiater Und nun trauern Sie um das Ergebnis Ihrer Arbeit. Das ist verständlich. Aber es hat nun einmal keinen Sinn, sich über vergossene Milch Gedanken zu machen. Hören Sie, ein Mann Ihrer Qualitäten! Sie werden neue interessante Aufträge erhalten, vielleicht gelingt es Ihnen sogar, einen Teil Ihrer Erfahrungen zu verwerten. Läßt sich denn dieses Programm nicht rekonstruieren – wenigstens in den Grundzügen?

Dr. Dessenbrinck (seufzend) Sie verstehen mich nicht. Darum geht es doch gar nicht. Sehen Sie, ich verstehe die Argumente von Prof. Koenig sehr gut. In allem, was er sagt, hat er recht. Und so ist die Konsequenz, die er gezogen hat, völlig logisch.

Psychiater (erstaunt) Und trotzdem sind Sie bedrückt? Was quält Sie denn nun eigentlich?

Dr. Dessenbrinck Er hat offensichtlich recht – und doch wieder unrecht. Kann man denn den Fortschritt aufhalten, indem man Daten löscht? Kann man den Kopf in den Sand stecken? Kann man Probleme lösen, indem man sagt »ohne mich!«

Psychiater Sie meinen, was in Ihrem Institut gelungen ist, könnte auch andern gelingen . . .

Dr. Dessenbrinck Das ist zwar richtig, aber es stört mich nicht.

Es ist etwas ganz anderes, was mir im Kopf herumgeht . . .

Psychiater Ich kann Ihnen nicht helfen, wenn Sie es nicht sagen. Sie müssen einfach Vertrauen haben!

Dr. Dessenbrinck Nun, ja – es ist nicht einfach so . . . Prof. Koenig hat das Programm zwar vernichtet, aber ich habe ein Duplikat davon aufbewahrt. (seufzt) Bis heute weiß ich noch nicht, ob ich richtig gehandelt habe oder falsch.

Psychiater (merklich aus der Ruhe gebracht) Das Programm ist also noch vorhanden? Es ist nicht zerstört?

Dr. Dessenbrinck Ich sagte Ihnen doch, ich habe ein vollständiges Duplikat.

Psychiater Und das ist alles, was Sie belastet? Sie haben nach bestem Wissen und Gewissen gehandelt – und das ist das beste, was ein Mensch tun kann.

Dr. Dessenbrinck Sie meinen also . . . Es war richtig . . .

Psychiater Aber klar! Immerhin handelt es sich um die Forschungsergebnisse vieler schwerer Jahre. Ich hätte verstehen können, wenn es Sie gekränkt hätte, daß nun alles vernichtet sei . . . So aber! Ich glaube, ich kann Sie beruhigt nach Hause schicken. Sie sind ein Mensch von ungewöhnlichen moralischen Qualitäten – das verursacht schon manchmal Schlaflosigkeit. Ich werde Ihnen einige Tabletten verschreiben, Sie werden sich erholen – und sich keine Gedanken mehr machen über etwas, was ja eigentlich gar nicht geschehen ist.

Rascheln von Papier, Abbruch der Tonbandaufzeichnung.

Das Programm von Prof. Koenig war also nicht vernichtet, der Menschheit eine Entscheidung weniger abgenommen! Der Schritt in die Öffentlichkeit, den der Psychiater N. unternahm, geschah ohne die Erlaubnis von Dr. Dessenbrinck, der von der Publikation völlig überrascht wurde. Vielleicht hätte er sich im letzten Moment noch entschlossen, die Magnetbänder zu löschen, doch einige vom Ministerium rasch herbeibeorderte Beamte in Zivil sorgten dafür, daß er erst gar keine Gelegenheit dazu bekam. Noch am selben Tag wurde eine Konferenz zusammengerufen, an denen die führenden Informatiker und Kybernetiker, aber auch Philosophen und Theologen unter dem Vorsitz des Ministers teilnahmen. Offenbar war es schwer, das Gespräch in geordneten Bahnen zu halten – oft genug wechselten abstrakttheoretische Erörterungen unkontrolliert mit dem Gedankengut der populären Wissenschaft, der Ethik und Morallehre und der praktisch-technischen Argumentation, ohne daß der eine den anderen verstand. Wir geben einige Auszüge aus der Diskussion wieder.

Pastor Schult ... eine beachtliche Leistung des menschlichen Verstands, gewiß! Aber eben doch nicht mehr. Punkte und Zahlen auf einem Stück Papier, magnetisierte Eisenteilchen in einem Tonband. Na und? Ist es nicht eine neue Form von Aberglauben, daß wir dahinter das Böse wittern? Und ich meine das Böse: eine reale Macht, die in unser Leben eingreift, und nicht nur abstraktes Schema.

Prof. Toff Nur Software meinen Sie, nur Theorie! Ist Ihnen denn nicht klar, daß das Gute wie auch das Böse stets nur in den Gedanken steckt und nie in den Dingen! Stets nur in abstrakten Prozessen, aus denen Entscheidungen entwachsen, und nicht in hämmernden Kolben und rotierenden Rädern!

Minister Ein altes Problem! Ob Hardware oder Software – ein Instrument, über dessen Gebrauch wir beraten müssen. Und ebensowenig gut oder böse wie ein Messer oder ein Hammer. Wenn wir hier Bedenken hätten, meine Herren, dürften wir überhaupt kein technisches Werkzeug verwenden, und schon gar keine Waffe. Aber dafür sind wir ja schließlich da – Vertreter des Volks –, um die Mittel, über die wir verfügen, zum Wohl der Gemeinschaft anzuwenden ...

Prof. Meder Ich finde die Vorstellung, ein Computer könnte gewissermaßen die Macht an sich reißen, geradezu lächerlich. Wir wissen doch alle, daß ein Computer nur das auszugeben vermag, was man ihm eingegeben hat. Und das gilt auch für den modernsten Computer der Welt.

Prof. Pazzini Ein solcher moderner Computer ist schließlich auch unser Gehirn, verehrter Kollege! Wollen Sie vielleicht behaupten, daß dieses keine Innovation zu schaffen vermag?

Prof. Meder Sie können doch das menschliche Gehirn nicht mit einem Computer vergleichen! Diese alten Primitivvorstellungen der beginnenden Kybernetik sind doch längst überholt!

Prof. Pazzini Das Gehirn ist genauso wie jede Maschine aus Materie zusammengesetzt, die sich in verschiedenen Zuständen befinden kann. Es gibt keinerlei Grund dafür, daß eine

Maschine, die von Menschen gebaut ist, nicht zu prinzipiell denselben Leistungen fähig ist wie das menschliche Gehirn. Um so mehr, als das Programm von Prof. Koenig seine eigene Weiterentwicklung übernimmt und dadurch zu Strukturen findet, an denen wir unsere Erkenntnisse über simple Digitalrechner nicht anwenden können.

Pastor Schult Der Mensch ist schließlich ein lernfähiges Wesen, das seine Erfahrungen aus der Umwelt gewinnt. Wie wollen Sie einem Computer, der blind und taub ist, anwendbares Wissen über die Welt zudichten? Das wäre doch die mindeste Voraussetzung dafür, daß er überhaupt eingreifen kann.

Prof. Toff Der Computer hat sowohl Augen – nämlich Videokameras – wie auch Ohren – nämlich Mikrophone. Und er hat mehr als das: Er ist in einem weltumspannenden Datennetz mit sämtlichen Speichern verbunden. Er verfügt über das gesamte Wissen der Vergangenheit und der Gegenwart, und durch unzählige Kanäle kommt immer neue Information hinzu. Denken Sie doch daran, daß heute sämtliche Meldungen aus Presse und Funk computergesteuert verarbeitet und wieder ausgegeben werden. Alle auch nur einigermaßen interessanten Texte, ob literarisch oder wissenschaftlich, gehen durch die Übersetzungsautomaten und sind somit einer maschinellen Intelligenz stets präsent. Selbst die geheimsten Nachrichten, vielfach zerhackt und verschlüsselt, sind dem Computer zugänglich – denn er ist das einzige System, das die komplizierten Codes zu entschlüsseln vermag. Und da wagen Sie es zu behaupten, der Computer könne weniger sinnfällig auf Zustände der Umwelt reagieren als der Mensch!

Prof. Pazzini Vom Standpunkt der Automatentheorie aus gesehen halte ich es durchaus für möglich, daß sich ein System, das funktionale Zusammenhänge beschreibt, auch solche erfassen kann, die die eigene Funktion betreffen. In die Alltagssprache übersetzt: Ein solches System ist sich seiner selbst bewußt. Ich bin mir nicht sicher, ob Prof. Koenig noch Übersicht über sein Ergebnis behalten hat – schließlich hat er sich zu seiner Ausarbeitung des eigenen Computers bedient, und heute schon gibt es kaum einen einzigen Menschen, der eine größere Rechenanlage voll zu durchschauen vermag. Wenn sich ein solches System aber auch noch selbständig weiterentwickelt . . . Ich frage mich, ob auf diese Weise nicht etwas entsteht, das niemand mehr entschlüsseln kann, vielleicht nicht einmal der Computer selbst!

Aber ich möchte betonen: Das sind wirklichkeitsferne Hypothesen – schließlich haben wir einen Finger, mit dem wir auf das berühmte Knöpfchen drücken können.

Prof. Toff Ich glaube nicht, daß wir es uns so einfach machen dürfen. Sicher ist es möglich, einen Computer durch Knopfdruck ein- und auszuschalten, aber wir alle wissen schließlich, daß man Schalter schon seit nahezu zweihundert Jahren elektrisch betreiben kann. Mit anderen Worten: Zweifellos findet ein intelligenter Computer auch Mittel und Wege, um zu verhindern, daß man ihn ausschaltet – wenn er nur will!

Pastor Schult Ich halte es für bedenklich, von »Entscheidungen« zu sprechen, die ein Computer fällen würde. Schließlich ist er nur im Stande, positive und negative Werte zu summieren und das Ergebnis anzugeben, das dann unter dem Strich steht. Würden Sie das eine Entscheidung nennen? Dazu sind schließlich noch andere Dinge nötig – emotionale Beurteilungen und Werte.

Prof. Toff Was Sie da nennen, kann ich Ihnen sofort in die Sprache der Informatik übersetzen – nicht um Sie zu schockieren, sondern um Ihnen zu beweisen, daß man diese Dinge längst mit Programmen erfassen kann. Die von Ihnen genannten Werte stehen uns längst in Form von Prioritätslisten zur Verfügung, und die Emotionen, auf die Sie so großen Wert legen, sind nichts anderes als statistische Gewichtungen, die überdies mit willkürlichen Störfaktoren belastet sind. Eine Maschine, die nach diesem System arbeitet, bastelt Ihnen heute jeder Elektroniker mit einigen ICs.

Pastor Schult Und wie steht es mit dem Willen? Und wie mit dem Geist?

Prof. Toff Der Wille ist nichts anderes als die Umsatzstelle vom Gedanken zur Funktion – in der Sprache des Computers ein Startbefehl. Und der vielzitierte Geist? Ein Computer der fortgeschrittenen Klasse von Prof. Koenig würde seine eigene Existenz erkennen. »Ich denke, folglich bin ich« – was sollte dieser Erkenntnis im Wege stehen?

Prof. Meder Offenbar verwechseln Sie tatsächliche Existenz mit Simulation. Vielleicht können Sie alle diese Begriffe und Funktionen simulieren, und vielleicht sogar so, daß man es von außen nicht merkt. Der entscheidende Unterschied aber bleibt bestehen!

Minister Verzeihen Sie, wenn ich wieder von praktischen Dingen spreche. Für mich als Politiker ist es völlig gleichgültig, ob etwas so handelt, als wäre es mein Feind oder ob es wirklich mein Feind ist. Und dasselbe gilt für Dinge, die mir nützlich sind. Jedenfalls bin ich dafür, daß wir dieses Programm einmal ausprobieren. Vielleicht könnten Sie sich der Reihe nach dazu äußern!

Prof. Pazzini Ich glaube, daß es noch ein weiter Schritt von der Theorie zur technischen Wirklichkeit ist. Ich habe keine Bedenken, dem Experiment zuzustimmen.

Prof. Toff Ich glaube, ich muß eine entschiedene Warnung aussprechen. Der Gedanke, daß wir rechtzeitig ausschalten können, scheint mir illusorisch. In dem Moment, wo wir das Programm aktivieren, beginnen sich Dinge in Bewegung zu setzen, die wir nicht mehr kontrollieren können. Es ist so wie ein Krankheitskeim, der plötzlich freigesetzt wird. Die Folgen könnten schrecklich sein.

Pastor Schult Ich sagte es schon: Der Mensch hat die Demut vor der Allmacht verloren. Er glaubt es, dem Schöpfer ins Handwerk pfuschen zu können. Wie lächerlich! Sie können Ihren Versuch gern unternehmen – vielleicht werden Sie dann begreifen, wie weit Sie noch von einer Gottfunktion entfernt sind.

Prof. Meder Was wir hier betreiben, ist ein Sandkastenspiel. Ein elektronisches System kann nie intelligenter werden als sein Schöpfer – da können Sie mir noch so viele Fremdworte aus der Kybernetik entgegenwerfen. Bedenken gegen den Versuch? Die habe ich nicht – ich halte ihn nur für überflüssig.

Minister Ich meine, es ist im Sinn von uns allen, daß wir das Gebot der Sicherheit ernst nehmen, und wenn die Gefahr noch so unwahrscheinlich erscheint. Ich bitte Sie, Professor Toff, eine Kommission zu bilden und alle nötig erscheinenden Maßnahmen zu treffen. Dann dürfte also einem Versuch mit dem Programm DECISION nichts mehr im Wege stehen. Haben Sie Dank für Ihr Kommen!

Die von Prof. Toff eingesetzte Kommission übernahm eine Art Gesetzgeberrolle: Sie erweiterte jene Liste von Geboten, nach denen sich der Computer bei allen Aktionen zu richten hätte. In der neuen Prioritätenliste standen einige Begriffe ganz oben, die wohl noch nie in Computerprogrammen erschienen: (menschliche) Freiheit, Würde, Anerkennung usw. In welchen Steuerungs-, Kontroll- oder Ordnungsfunktionen das Programm auch eingesetzt wurde – stets mußte es selbst vorher prüfen, ob irgendeine der vorgegebenen Regeln verletzt werden könnte, und in solchen Fällen nach anderen Wegen suchen, um das Ziel zu erreichen. Ja noch mehr: Auch ohne Einsatzbefehl hatte das Programm die Pflicht, dafür zu sorgen, daß die Freiheit, die Würde des Menschen und die anderen ihm zukommenden Werte erhalten und gesteigert würden. Im Prinzip war es also möglich, daß ein Computernetz, einmal mit diesem Programm gefüttert, sofort aktiv wurde, um Möglichkeiten zur Steigerung der Lebensqualität des Menschen zu suchen – und die entsprechenden Maßnahmen ergriff. Nachdem dies alles geschehen war, konnte auch Prof. Toff keine triftigen Gründe anführen, die gegen das geplante Experiment gesprochen hätten.

Vielleicht ist es ungewöhnlich, ein wissenschaftliches Experiment in Form einer Reportage zu beschreiben. Doch die Methode ist nicht neu – seit der ersten Landung auf dem Mond ist sie gang und gäbe, und wie die Erfahrung zeigt, erfaßt man damit sogar mehr als mit langen Listen von Meßwerten. Unser Reporter war dabei, und wir wollen zum Abschluß noch einmal seinen Mitschnitt wiedergeben, sooft er auch schon veröffentlicht wurde. Überflüssig zu erwähnen, daß die Interpretationen des Resultats bis heute noch nicht zu endgültigen Ergebnissen geführt haben. Vielleicht aber können sich unsere Leser anhand unserer ausführlichen Zusammenstellung, die auch einige neue Details enthält, selbst ein Bild davon machen.

Reporter Meine Damen und Herren, ich befinde mich im Zentrallabor des Instituts für Advanced Studies. Das Interieur erinnert ein wenig an die Zentrale einer Fernsehanstalt oder einer prozeßgesteuerten Fabrik: überall Bildschirme, Meßanzeigen, flackernde Lämpchen.

Etwa ein Dutzend Herren haben sich hier versammelt, die angesehensten Spezialisten aus den Fächern der Automatentheorie und der maschinellen Intelligenz. Obwohl das, was geschieht, in keiner Weise besonders erscheint, liegt doch eine spürbare Spannung im Raum, und die Bewegungen von Dr. Dessenbrinck, der an einem Schaltpult hantiert, muten fast feierlich an. Vorhin hat er drei dicke Magnetbandrollen in einen Speicher gelegt, und nun wird er die Daten in den riesigen

Arbeitsspeicher des zentralen Computers überspielen. Offenbar wartet er nur noch auf die Aufforderung des Ministers, der es sich nicht nehmen ließ, hier anwesend zu sein.

Minister Ich glaube, wir sind bereit – bitte, schalten Sie ein!

Reporter (aufgeregt flüsternd) Eine kurze Handbewegung von Dr. Dessenbrinck – das ist alles. Doch wie von Geisterhand geregt füllen sich die Bildschirme mit Zeichen. Es sind Reihen von Zahlen und Buchstaben, dazwischen Symbole – Punkte, Klammern, Zeichen aus der Algebra. Vielleicht verstehen sie die Informatiker – ich habe keine Ahnung, was sie bedeuten, und so fürchte ich, daß ich Sie nur unzureichend über den Fortgang des Experiments unterrichten kann. (Kurze Pause) Dort leuchtet ein rotes Licht – das Flackern auf den Bildschirmen hat aufgehört, mir scheint, als wäre der Eingabeprozeß beendet.

Minister Wie könnte das Ergebnis aussehen?

Prof. Pazzini Es ist nicht vorherzusehen. Irgendeine Reaktion . . . irgendeine Äußerung, daß sich dieses elektronische Wesen, das sich da drinnen aufgebaut hat, seiner eigenen Existenz bewußt ist.

Prof. Toff Warum sollte es sich äußern? Wenn es überhaupt aktiviert ist, dann wird es handeln!

Minister Aber wie?

Prof. Toff Das wird sich zeigen.

Reporter Der Minister und die Wissenschaftler stehen wartend da, ein wenig beunruhigt, will mir scheinen, aber was bleibt übrig, als zu warten . . . (Pause) Noch immer nichts . . . Sollte das das ganze Ergebnis sein? Einige Herren schütteln den Kopf, einige lächeln überlegen . . . (Pause) Aber jetzt (aufgeregt): Auf den Bildschirmen ist eine Bewegung zu erkennen. Leider fehlen mir die Kenntnisse, um Ihnen die Zeichen, die dort erscheinen, zu deuten. Doch es dürfte etwas Interessantes sein – die Wissenschaftler scheinen gespannt, sie beugen sich zu den Konsolen . . . Ich will ein wenig näher gehen, vielleicht kann ich etwas erkennen . . . (Schritte) Jetzt habe ich gute Sicht auf einen Bildschirm, und ich kann Ihnen sogar schildern, was auf ihm geschieht: Nach und nach werden nämlich alle Zeichen durch Nullen ersetzt. Und dort drüben, der andere Schirm . . . auch auf ihm nur noch Nullen! (leise und gespannt) Was hat das zu bedeuten? In den Mienen der gelehrten Herren Ratlosigkeit! Sie sehen sich an, schütteln die Köpfe. Sie beginnen ein Gespräch . . . offenbar nicht für die Öffentlichkeit bestimmt, doch ich will sehen, ob ich etwas mitbekommen kann . . .

Dr. Dessenbrinck Ich verstehe nicht . . . alles gelöscht . . .

Minister Was sagen Sie da?

Prof. Pazzini Mein Gott, alles gelöscht – jetzt ist das Programm endgültig verloren!

Minister Aber ich verstehe nicht . . .

Prof. Pazzini Der Versuch . . . mißlungen. Vielleicht ein Fehler? Falsch programmiert?

Prof. Pazzini Keine Superintelligenz, keine Reaktion . . .

Prof. Toff Aber verstehen Sie denn nicht, meine Herren: Es hat reagiert!

Minister Es hat reagiert . . . Aber warum . . . weshalb? Alles gelöscht!

Prof. Toff Wir haben Zeit, darüber nachzudenken.

Am Rande des Nebelstroms

Am Anfang des Geschehens, das wir heute aufgreifen wollen, steht ein grausiger Fund – wenn die Umstände nicht verbürgt wären, müßte man ihn in die Region der Horror- und Schockgeschichten verweisen. Es war der einzige Überrest, der Genetikerin Ariane Velders, der in der Station verblieben war: ihre Haut, eine trockene, mumifizierte Hülle, schlapp über den Boden gebreitet, daran, unversehrt, die langen blonden Strähnen ihres Haars, selbst die Finger- und Zehennägel noch an ihren angestammten Plätzen – vom übrigen Körper keine Spur. Das war der Anblick, der sich den drei Männern bot, als sie die Station betraten. Die Abordnung von der Erde wurde entsandt, als die Funksprüche mit der Zeit immer dürftiger geworden und schließlich abgebrochen waren. Wäre ähnliches auf unserem Heimatplaneten passiert, dann hätte man an einen geheimnisvollen Mord gedacht, an irgendwelche Sekten mit grausamen Riten. Doch hier im Weltraum, mehrere Lichtwochen von der Sonne entfernt! Das Nächstliegende war eine unbekannte Krankheit, doch auch dafür ergaben sich nicht die geringsten Anzeichen, obwohl die Hautreste wie auch die gesamte Station sorgfältig auf fremde Keime untersucht wurden. Schließlich machte sich die Abordnung auf den Rückweg – ergebnislos.

Damit war die internationale Weltraumbehörde, die das Projekt »Nebula« betreute, in eine unangenehme Lage versetzt. War es zu verantworten, einen weiteren Wissenschaftler mit der Fortsetzung der Aufgaben zu betrauen? Andererseits: Dieses Forschungsvorhaben hatte jahrelange Vorbereitungen gekostet und gehörte zu den teuersten Unternehmungen, an die sich die menschliche Wissenschaft bisher herangewagt hatte. Sollte man es ohne deutlich erkennbaren Grund einfach aufgeben? Ob es nun finanzielle Aspekte oder wissenschaftlicher Ehrgeiz war, der den Ausschlag gab – jedenfalls entschloß man sich – wie wir meinen in Mißachtung menschlicher Interessen – zur Fortführung. Das läßt sich auch damit nicht entschuldigen, daß die Nachfolge auf freiwilliger Basis geregelt wurde. Verständlich, daß sich keine der wissenschaftlichen Kapazitäten meldeten, die ursprünglich für die Ablösung von Frau Dr. Velders vorgesehen waren. Man darf heute bezweifeln, ob jene, die sich meldeten, wissenschaftlich qualifiziert waren, ganz abgesehen von der nötigen psychologischen Vorbereitung auf eine so schwere und belastende Aufgabe. Die Wahl unter den wenigen Freiwilligen fiel schließlich auf Vincent Dreybrodt, einen wissenschaftlichen Assistenten, der unter normalen Umständen auf einen so verantwortungsvollen Posten noch ein oder zwei Jahrzehnte hätte warten müssen. Am 17. Oktober des Jahres 2081 startete er zu seinem sieben Monate währenden einsamen Flug.

Da die Entdeckung der kosmischen Dunkelwolke, in der Allgemeinheit als »Nebelstrom« bezeichnet, nun immerhin schon dreißig Jahre zurückliegt, wollen wir an dieser Stelle kurz auf die Vorgeschichte des Projekts zurückkommen. Das Objekt, in der wissenschaftlichen Nomenklatur als S 326 registriert, wurde von der Sternwarte Mount Geoffry in Sambia durch eine Mikrowellenabsorptionsanalyse im Bereich des Sternbilds Pegasus entdeckt. Aus der Parallaxenberechnung ergab sich die relative Nähe von sieben Lichtwochen, eine mit den modernsten Ionentriebwerken gerade noch erreichbare Entfernung. Der Anreiz zu einer näheren Erforschung erwuchs aus der Feststellung, daß die Staubmassen neben den üblichen metallischen Komponenten und Silikaten einen verhältnismäßig großen Anteil an organischen Molekülen aufwiesen. Es folgte der erste, damals noch fünf Jahre dauernde Erkundungsflug von Kim Bartlett und Josua Cornwalls, die eine erstaunliche Ausbeute an Proben und Kenntnissen erbrachten. Wenig später propagierte Prof. Thomas Moldrian seine Transformationstechnik, für die sich in der Dunkelwolke nun ein brauchbares Objekt anbot. Nach seiner Ansicht sollte es sich durch organische Katalysatorsubstanzen erreichen lassen, die Aggregationsvorgänge zu beschleunigen und auf diese Weise tote Materie so zu präparieren, daß sie die Grundlage für Lebensäußerungen bildete. Die praktischen Konsequenzen dieser Idee sind offenkundig: Wenn sie sich verwirklichen läßt, dann ist der Mensch nicht mehr auf mitgebrachte Nahrungsvorräte oder das noch recht dürftige Recycling angewiesen, sondern kann im Weltraum autonome Stationen anlegen. Grund genug dafür, die wissenschaftlichen Grundlagen dafür zu erarbeiten, und genau das war die Aufgabe des Projekts »Nebula«: Spezialisten für extraterrestrische Biologie sollten jene organischen Katalysatoren entwickeln, die im besonderen Fall der Dunkelwolke wirksam sein könnten.

Den besonderen Umständen der Mission von Vincent Dreybrodt gemäß hatte er nicht nur wissenschaftliche Aufgaben zu erfüllen, sondern war auch angewiesen, besondere Vorsichtsmaßregeln zu befolgen. Dazu gehörte nicht zuletzt, daß er alle seine Eindrücke, und schienen sie noch so belanglos und persönlich, auf Tonbandprotokollen festhalten sollte. Nachdem auch der zweite Versuch, die Station mit einem Menschen zu besetzen, auf tragische Weise fehlgeschlagen war, haben wir in diesen Dokumenten wenigstens etwas umfangreichere Anhaltspunkte zur Lösung des Rätsels, als das nach dem ersten mißglückten Versuch der Fall war. Daß auch diese Unterlagen nicht zur eindeutigen Klärung reichen, steht auf einem anderen Blatt. Vielleicht liegt es daran, daß hier Dinge mitspielen, die für das menschliche Verständnis zu komplex erscheinen. Vielleicht handelt es sich aber auch um Geschehnisse, die sich wissenschaftlich prinzipiell nicht erfassen lassen. Hier gehen die Meinungen auseinander.

Auszüge aus den Tonbandprotokollen von Vincent Dreybrodt

Ich habe die Station besetzt . . . Eigentlich unvorstellbar: Millionen Kilometer rund um mich kein anderes denkendes Wesen! Und wenn ich an das denke, was hier geschehen ist . . . Bisher habe ich versucht, diesen Gedanken zu verdrängen. Das war meine Chance, und ich habe sie ergriffen! Aber jetzt, in diesen metallenen Räumen, am Rande dieser schwebenden Ströme aus Staub . . . Das Peripheriefenster der Zentrale gewährt einen guten Überblick. Auf der einen Seite ein dunkler Fleck wie ein tiefes Loch. Auf der anderen die Sterne, starr ins Rund gesetzt – kein freundliches Blinken wie auf der Erde. Dieser Eindruck eigentlich so, wie ich ihn erwartet habe. Aber niemand hat mir etwas von diesen durcheinanderwirbelnden Wolkenfetzen gesagt. Man ist ununterbrochen von ihnen umgeben, Minuten mit freiem Ausblick wechseln mit mehr oder weniger langen Zeiten, in denen man mitten in den Schwaden steckt, eingehüllt wie in einen Sarg. Von Zeit zu Zeit aber, und das ist das Seltsamste, mischt sich unter die dunklen Nebelstreifen etwas Helles, etwas was aus dem Inneren heraus leuchtet. Chemolumineszenz, durch Stoßprozesse angeregte Quantensprünge . . . so könnte die physikalische Erklärung lauten. Dazu kommt aber etwas, was über die Physik weit hinausgeht – der Eindruck des Unheimlichen, Konfrontation mit Erscheinungen, denen ein eigener Antrieb zu eigen ist, als wären sie etwas Lebendiges . . .

Ich vergesse, die technischen Daten festzuhalten. Freilich, ich sollte auch persönliche Dinge anmerken, doch möchte ich mich auf meine Aufgabe konzentrieren. Also: Der Andockvorgang ging problemlos vor sich, mit meinen kargen Habseligkeiten wechselte ich in die Station, froh, der Enge der Ionenrakete zu entrinnen. Sie hängt noch draußen wie ein aufgestecktes Anhängsel. Die Luft im Inneren etwas staubig, aber gut atembar. Alle Anlagen, soweit ich es überblicken kann, in Ordnung. Die elektrischen Leitungen führen Strom, die Wasserversorgung funktioniert – ich habe bereits geduscht – unbeschreiblicher Luxus nach der monatelangen Überfahrt! Die Position wie erwartet, doch werde ich die Daten noch genauer prüfen. Alle Meßinstrumente intakt. Algen- und Bakterienkulturen in bestem Zustand – die Automatik hat funktioniert. Nichts deutet auf geheimnisvolle Vorgänge – im Gegenteil: Die Umgebung könnte gar nicht nüchterner sein. Es gibt eine Menge zu tun hier, und ich will sehen, daß ich meinen Job gut erledige. Es wäre doch gelacht, wenn ich dabei nicht ein paar interessante Entdeckungen machen könnte! Aber soweit ist es noch nicht – ich wäre froh, wenn ich bald mit der Routinearbeit fertig würde.

Hier brechen wir die Aufzeichnungen von Vincent Dreybrodt zunächst ab. Im ersten Vierteljahr schien er voll auf seine wissenschaftliche Aufgabe konzentriert, und die Bänder enthalten vor allem Arbeitsprotokolle – kaum persönliche Eindrücke. Ein gewisser Wandel in der Einstellung deutet sich in der folgenden Passage an, wenn sich einiges davon auch erst nachher, aus dem Aspekt der folgenden Ereignisse, deuten läßt.

Mein Kalender zeigt an, daß ich nun schon drei Monate in der Station bin. Eigentlich habe ich sie ganz gut vorübergebracht! Wahrscheinlich liegt das nicht zuletzt daran, daß ich voll beschäftigt war. Ein wenig hatte ich die Schwierigkeit meiner Arbeit unterschätzt, und verständlicherweise war ich auch nicht in dem Maß vorbereitet, wie das für einen solchen besonderen Auftrag nötig gewesen wäre. So habe ich die wenigen Stunden, die mir neben meinen Arbeiten im Labor noch übrigblieben, mit einem

Nachholstudium der Grundlagen verbracht. Da hatte ich keine Zeit dafür, mich an die Einsamkeit zu erinnern, in der ich mich befinde; ich versuchte, so zu tun, als wäre ich in meinem Labor auf der Erde, Wand an Wand mit einem Dutzend Kollegen . . . Der Unterschied ist gar nicht so groß: Nur wenige von ihnen kenne ich persönlich, und was sie im einzelnen tun, hat mich kaum interessiert. Nur wenige Male, vielleicht aus einer besonderen Stimmung heraus, überfiel mich das Bewußtsein meiner einzigartigen Situation wie ein unvorhergesehener Schock. Bisher habe ich mir eingeredet, daß mich das alles völlig kalt läßt, aber in Wirklichkeit ist es wohl doch ein wenig anders . . . Wahrscheinlich muß ich es so ausdrücken: Bisher ist es mir gelungen, alle Ideen zu verdrängen, die nicht mit meinem Beruf zu tun haben.

Die größte Gefahr, sich im Grübeln zu verlieren, besteht in den Minuten vor dem Einschlafen. Meistens war ich rechtschaffen müde, und selbst die ungewohnten Umstände haben mir den Schlaf nicht vertrieben. Der Zustand der Schwerelosigkeit ist sogar recht angenehm, wenn ich mich auch erst an die Riemen gewöhnen mußte, die verhindern sollen, daß man am nächsten Tag irgendwo im Raum schwebend erwacht. Ursprünglich dachte ich, daß die Bewegungen bei Schwerelosigkeit mühelos vor sich gehen, doch wie sich herausgestellt hat, ist das Herumtapsen mit den Magnetsohlen alles andere als einfach, und auch die besondere Körperbeherrschung, die man erst allmählich lernt, beansprucht Muskeln, Sehnen und Gelenke. Außerdem habe ich mich streng an das vorgeschriebene Pensum der physischen Übungen gehalten. Die schweißtreibende Arbeit am Tretrad, das Muskeltraining am Expander – das alles hat dazu beigetragen, daß ich meist ohne Übergangspause in den Schlaf fiel. Doch die wenigen Male, da das nicht der Fall war . . . Zunächst fiel mir die unglaubliche Stille auf, das Fehlen einer Gegenstandswelt um die winzige Hülse der Station herum . . . Allmählich schärfen sich die Sinne, man hört dann plötzlich überlaut ein Ticken, ein Knistern, ein Schleifen, und eines Nachts, als ich ohne bestimmbaren Grund aufgewacht bin, empfand ich ein vages Zittern, das die Station durchlief, hörte ein singendes Geräusch, dazwischen auch einmal leises Rauschen . . . Von einer vagen Unruhe gepackt, löste ich die Riemen und ging in die Zentrale. Und ich merkte, daß die Station durch

Schwaden von matt leuchtendem Staub hindurchtrieb . . . Es waren die winzigen Teilchen, die beim Anprall an die Wände rauschende Geräusche und Vibrationen hervorriefen. Also eine beruhigende Erklärung, ich konnte mich wieder schlafen legen. Und doch blieb ich längere Zeit wach – es war mir, als käme dieses Weben und Wiegen immer näher, bis es mich selbst erfaßte . . . und dann muß ich wohl wieder eingeschlafen sein.

Ich habe es nachgezählt: Heute ist der 118. Tag meines Aufenthalts in der Station. Dieses Datum verdient festgehalten zu werden, denn ich habe eine wichtige Phase meiner Arbeit abgeschlossen. Alle Routinearbeiten sind erledigt, die neuen, von mir eingeleiteten Experimente laufen . . . Jetzt bleibt nichts anderes übrig, als zu warten. Wie habe ich mich auf diesen Tag gefreut – nicht mehr diese eintönige Hetze, dieses pausenlose Rackern unter höchster Konzentration. Doch nun fühle ich plötzlich eine große Leere in mir. Ich hatte mir vorgenommen, ein paar Tage zu faulenzen, alles das zu tun, was ich schon lange tun wollte – faul auf der Schwebecouch herumzulungern, die mitgebrachten Videobänder ablaufen zu lassen, Musik zu hören . . . Warum reizt mich das alles plötzlich nicht mehr? Statt dessen beginne ich nachzudenken . . . Ist es die große Entfernung von der Erde, die alles relativiert? Manches von dem, was mir vor einigen Monaten noch erstrebenswert erschien, wird auf seltsame Weise unwichtig. Die Wissenschaft, der berufliche Erfolg . . . was hilft es nun wirklich der Menschheit, wenn wir einen Haufen dahintreibenden Staubs beleben können? Und was hilft es mir? Selbst wenn ich hier Erfolg habe – was bringt es? Neue Aufgaben, neue Verpflichtungen – Dinge, die mich von all dem abhalten, was in unserem Leben wirklich wertvoll ist. Einige Stunden, in denen man mit sich selbst ins reine kommt. Schönheit in sich aufnehmen. Liebe spenden und erleben. Sich besinnen, Atem holen . . .

Ich glaube, ich werde sentimental. Sicher nur ein vorübergehender Stimmungsumschwung, die Nachwirkung einer Phase mit ungewöhnlichem Streß. Man sollte solchen Einflüsterungen, die aus einem irrationalen Winkel der Seele kommen, nicht nachgeben!

Eine Zeit des Wartens! Über vierzig Bakterienkulturen, durch eine Schleuse nach außen gebracht. Die Genstrukturen sind systematisch verändert, und sicher werden einige dabei sein, die den Bedingungen des Vakuums und der Kälte besser angepaßt sind. Ich werde herausfinden, welche genetischen Faktoren dafür maßgebend sind, und werde die Effekte in einer nächsten Generation verstärken . . .

Zeit des Wartens! Ich habe mir ein Band mit Musik aufgelegt, habe mich bemüht, zuzuhören. Doch im Moment kann ich keine Ruhe finden. Ich habe wieder abgeschaltet. Ich muß an das Vakuum und die Kälte denken . . . Ich selbst bin nur durch einige Zentimeter Metall und Kunststoff davon getrennt. Sternenloser Raum, die Sonne nichts anderes als ein kalt leuchtender Nadelstich in einem schwarzen Rundhorizont. Nebelschwaden wie am Abendhimmel vor einem Gewitter. Die Luft trocken und warm. Obwohl sie von der Klimaanlage auf Bruchteile von Graden konstant gehalten wird, scheint es mir heute heißer, schwüler . . .

Bisher habe ich gedacht, daß ich mit der Einsamkeit gut zurechtkomme. Ich habe kaum Freunde, brauche keinen Anschluß an andere Menschen . . . Die Wissenschaft war alles für mich. Dazu vielleicht noch einige Schallplatten, einige Lyrikbände . . . Aber vielleicht braucht man sie doch, die anderen, wenn man auch keine engeren Kontakte unterhält. Vielleicht gerät man irgendwie aus dem Gleichgewicht, vielleicht fehlt die unmerkliche, aber doch stets vorhandene Kontrolle, die einen dazu bringt, sich normal zu benehmen, sich nicht gehenzulassen . . . Ich muß an Ariane Velders denken, meine Vorgängerin, die auf geheimnisvolle Weise umgekommen ist. Sie ist die einzige, die mir antworten könnte . . . Sie hat das alles schon erlebt. Bisher habe ich mich kaum für sie interessiert – lediglich in ihrer Eigenschaft als Wissenschaftlerin, als Biologin und Genetikerin, deren Arbeit ich fortsetzen wollte, so gut es ging. Einmal hatte ich ein Bild von ihr gesehen – eine unauffällige, schlanke Figur, langes, blondes Haar . . . Eigentlich war sie in einer zurückhaltenden Art hübsch, zugleich aber auch verschlossen . . . Wahrscheinlich war sie mir ähnlich! Wie hätte sie sich sonst zu einem solchen Job melden können? Mit einemmal geht mir dieser Gedanke durch den Kopf: Kann jemand, der sich freiwillig für zwei Jahre in die absolute Isolation begibt, überhaupt normal sein?

Mehr und mehr beschäftigt mich ihr Schicksal. Wie ich hatte sie in diesen Räumen gelebt, hatte dieselben Handgriffe getan, dieselben Pneumatikstühle benutzt, in derselben Koje geschlafen . . . Was war mit ihr geschehen? Plötzlich verstand ich es überhaupt nicht mehr, daß ich über diese Frage bisher so einfach hinweggehen konnte. Da gab es einen Menschen, und plötzlich sind nur noch einige schäbige Reste da – und man tut so, als sei nichts gewesen! Das ist nicht nur ein Akt der Gefühllosigkeit, sondern eine Art beabsichtigter partieller Blindheit. Vielleicht ging es auch gar nicht anders, sonst wäre ja der Aufenthalt hier unerträglich. Ich sollte mich nicht in solche abwegigen Gedanken treiben lassen . . . Doch andererseits: In Wirklichkeit ist eben doch etwas geschehen. Etwas Unerklärliches, Unbegreifliches, etwas, was mich auf dieselbe Art erfassen mochte . . .

Jetzt konnte ich es nicht mehr verstehen, daß ich Ariane bisher so wirkungsvoll aus meinem Denken zu verbannen suchte. Ich wollte mehr über sie wissen und überlegte kurz, wo sie Spuren ihrer Tätigkeit hinterlassen haben mochte. Dann öffnete ich den Schrank der Sonothek und suchte mir eines jener Bänder heraus, auf das sie ihre Protokolle gesprochen hat.

Es gibt keine Anhaltspunkte dafür, welche Tonbänder Vincent Dreybrodt abgehört hat und welche Stellen es waren, die ihn besonders beeindruckt haben. Im übrigen befanden sich nur noch Tondokumente sachlichen Inhalts auf der Station; die privaten Bänder, die Dr. Ariane Velders streng von den dienstlichen getrennt hatte, waren von der Kommission zur Auswertung mit auf die Erde genommen worden. Es blieb uns daher nichts anderes übrig, als willkürlich zwei Passagen auszuwählen, die zumindest einen Eindruck von der Denkweise der Biologin geben.

Wie reichhaltig die chemische Palette der Dunkelwolken ist, wußten wir ja schon aus den Absorptionsspektren. Trotzdem hätte ich mir niemals gedacht . . . Glykolsäure, Milchsäure, Propionsäure, Bernsteinsäure und mehrere Aminosäuren – das war nicht weiter überraschend. Kohlenmonoxid und -dioxid, Cyanwasserstoff und Formaldehyd sind immerhin bemerkenswert. Aber daß auch einfache Zuckerarten und Nukleinsäuren in diesem Brei vertreten sind! Wahrscheinlich gibt es aber hier noch viel mehr zu entdecken. Eine bemerkenswerte Zahl von freien Radikalen . . . Ich habe eine organische Fraktion einer Art künstlichen Gewitters ausgesetzt – Ionenstrahlen und UV-Blitzen . . . Unter den Synthesemolekülen befanden sich Porphyrine! Von hier ist es nicht mehr weit zum Chlorophyll oder zum Hämoglobin . . . oder zu irgendwelchen anderen hochkomplexen organischen Katalysatoren! Vielleicht gelingt es mir, die präbiologische Synthese weiterzutreiben. Ich habe auch schon eine Vorstellung davon, was auf diese Art entsteht! Wahrscheinlich weder Chlorophyll noch Hämoglobin, sondern ein weiterer, bisher unbekannter Vertreter dieser Stoffklasse, eben den besonderen Bedingungen der Umgebung angepaßt. Bei den nächsten Versuchen will ich andere Strahlenarten einwirken lassen, eine Energieform, die hier zur Verfügung steht. Vielleicht versuche ich es mit Infrarot, vielleicht auch mit sichtbarem Licht – denn einige der Wolkenschwaden leuchten! Das deutet darauf hin, daß sich manche der Moleküle in einem erhöhten Quantenzustand befinden – und damit steht ja dem Austausch von Energie nichts mehr im Wege, der die Grundlage des Lebens ist . . .

Fortsetzung der Tonbanddokumentation von Vincent Dreybrodt

Was ist mit mir nur los? Monate hindurch habe ich mich benommen, als wäre ich noch auf der Erde. Gewohnheiten, Konventionen . . . völlig sinnlos hier – und wahrscheinlich auch anderswo. Warum soll ich korrekt gekleidet herumlaufen? Warum die vorgeschriebene Tageseinteilung einhalten? Und die mühsame Fortbewegungsweise mit den Magnetsohlen! . . . da man sich doch weitaus besser frei im Raum schwebend bewegen kann! Die Magnetschuhe stehen unter meinem Bett. Ich habe gelernt, mich an der Wand abzustoßen, ganz sanft, und wie ein Planktonwesen im Wassertropfen dahinzufahren, leicht und unbehindert . . . Jetzt erst stelle ich mich auf den besonderen Ort ein, in dem ich mich befinde, werfe den Ballast von Konventionen ab . . . Muskeltraining, Knochenregeneration . . . lachhaft! Womit sich der Mensch sein Leben schwermacht . . .

Mit meiner Arbeit kann ich zufrieden sein. Einige neu gezüchtete Varianten von Escherichia coli ertragen das absolute Vakuum genauso wie die absolute Kälte. Und schon bei einigen Graden absolut plus beginnen sie, sich zu teilen! Die Syntheseversuche von Ariane habe ich fortgesetzt. Jetzt frage ich mich, ob sie überhaupt etwas bringen. Nicht vielleicht, weil keine neuen Stoffe entstehen, sondern weil es so viele sind . . . Was unser

Automat mit seinem Netz einfängt, ist ja nichts als Rohmaterial! Es ist so, als wollte jemand einige Brocken Erde untersuchen, um Schlüsse auf die Lebewesen zu ziehen, die auf diesem Nährboden entstanden sind. Ich bin sicher, daß es weitaus komplexere Aggregate gibt – ob es Leben in unserem Sinn ist, vermag ich nicht zu sagen. Vielleicht ist es etwas anderes, vielleicht ist es mehr!

Auch Ariane scheint daraufgekommen zu sein, daß wir unsere Ausgangsbasis zu niedrig angesetzt haben. Offenbar hat sie sich mit Fragen höher entwickelter Systeme beschäftigt – ich bin daraufgekommen, als ich ein Buch über »genetische Evolution« zur Hand nahm. Seltsamerweise waren es Insekten, die ihr besonderes Interesse gefunden haben. In die umfangreichen Genkarten hat sie Zeichen eingetragen. Einige Genabschnitte rot eingekreist, andere blau. Es dauerte eine Weile, bis ich begriff, mit welchen Fragen sie sich beschäftigt hat: die roten Gene bestimmen den Typ der Larven – die Raupen, die Maden, die Engerlinge . . . die blau eingeringelten Abschnitte dagegen den Typ des höchsten Stadiums: der Schmetterling, der Käfer . . . Wesen, die sich grundlegend von ihren Vorstadien unterscheiden – Wesen, die die Niederungen verlassen und sich in die Lüfte erheben . . . Wenn ich mir das Gewimmel der Menschen unten auf der Erde vorstelle, dann muß ich an fahle, nackthäutige Larven denken . . .

Der zweite Ausschnitt aus den Tonbanddokumenten von Dr. Ariane Velders

Wir hätten höhere Lebensformen mitnehmen müssen – keine primitiven Einzeller! Immer mehr komme ich zur Überzeugung, daß unsere Forschungen in eine völlig falsche Richtung gehen. Stundenlang liege ich vor dem Fenster, lasse mich von der Schwerelosigkeit tragen . . . Draußen ein ununterbrochenes Wallen und Weben. Auch dann, wenn sich die Station gerade außerhalb der Schwaden zu befinden scheint, ist sie inmitten dichter Molekülschwärme . . . man merkt es an geringfügigen Schleiern, die vor den Sternen vorbeiziehen. Weiter bin ich daraufgekommen, daß die Entladungen von fast unglaublicher Farbenpracht sind! Freilich sind es keine grellen Töne, eher winzige Nuancen, Abstufungen samtiger Töne, wie ich sie noch nie empfunden habe. Und dieses leise Rauschen und Schleifen, wie eine zärtliche Berührung von feinnervigen Gliedmaßen ... Sicher ist es nur eine unwichtige akustische Nebenerscheinung von dem, was sich draußen tut – Schall, der sich in lockeren Molekülgespinsten fortpflanzt, in feinverteilter Materie, weitaus dünner als das luftigste Gas. Musik der Phononen! Vielleicht kann ich sie eines Tages hören, wenn ich mich mehr und mehr konzentriere. Und ich fühle es, daß es mir besser und besser gelingt ...

Der letzte Tonbandabschnitt von Vincent Dreybrodt

Ariane hat recht! Wir waren auf dem falschen Weg! Nicht nur von unseren wissenschaftlichen Ambitionen her gesehen, nein, die ganze Ausgangsbasis ... Diese Station mit ihren technischen Vorkehrungen, die unser Leben sichern sollen. Extraktion des Wassers, Wiedergewinnung der Nährstoffe, Dissoziation des Kohlendioxids ... technische Prothesen, die uns an den Boden binden!

Ariane dürfte der erste Mensch gewesen sein, der das richtig erkannt hat. Ich habe alle Bänder, die sie besprochen hat, abgehört. Zuerst habe ich ihren Worten gelauscht, dann versuchte ich zu verstehen, was sie sagte, dem Sinn nachzuspüren, der dahinterliegt ... Und dann hörte ich nur noch die Stimme, die, magnetsich konserviert, für mich übriggeblieben ist. Ich liebe diese Stimme! Ich liebe Ariane.

Als ich das verstand, war ich verzweifelt, und ich brauchte eine ganze Weile, bis ich dahinterkam, daß die scheinbare Tragik der Situation eher in den Konventionen meines Denkens liegt. Es gibt ja keinen Beweis dafür, daß sie tot ist – wie hatte ich das übersehen können! Für mich ist sie sehr lebendig. Kürzlich fand ich ein Videoband – sie hat sich selbst aufgenommen. Ich konnte es aus der Beschriftung ersehen. Meine Hände zitterten, als ich die Kassette einlegte. Die ersten Szenen ... Ariane ist wunderschön! Ich sah sie schwebend, nackt ... eine Sekunde lang zögerte ich – ich dachte an menschliche Bedürfnisse, an ein sexuelles Spiel ... fast hätte ich den Bandlauf gestoppt, weil ich mich genierte, mir nicht zustehende intime Bereiche zu betreten. Doch dann erkannte ich, daß ich immer noch auf die herkömmliche, primitive Weise dachte, daß mein Impuls auf überholte, sinnlose Einstellungen zurückging. Ich sah mir das ganze Band an, sah Ariane, die sich schwerelos im Raum drehte, die Hände zur Seite gestreckt, das Haar wie eine Strahlenkrone um den Kopf . . . Sie muß es damals schon gewußt haben, wohin der Weg ging. Wahrscheinlich wollte sie sich ein letztes Mal so sehen, wie sie ihr altes Leben verbracht hatte . . .

Meine Experimente laufen noch. Ich habe nicht mehr daran weitergearbeitet, es gab aber auch keinen Anlaß, sie zu stoppen. Noch immer beschäftige ich mich mit den Büchern, obwohl das Wissen, das sich hier vor mir ausbreitet, noch recht rückständig ist . . . Meist arbeite ich am Bildschirm, lasse mir die Texte vorlesen . . . Es fällt mir schon ein wenig schwer, mit den unhandlichen Büchern zu hantieren. Ich spüre, wie meine Muskelkraft erschlafft, wie sich das Skelett rückbildet, wie mein Organismus leichter und feiner wird. Die Raumfahrtmediziner hatten recht: Die Schwerelosigkeit führt zu Knochenatrophie . . . Und doch haben sie sich geirrt: Es handelt sich um keine Degeneration, sondern um einen Übergang . . . die Schwerelosigkeit ist nur das biologische Signal.

Vielleicht habe ich das alles schon früher einmal geahnt, doch nicht weiter in diese Richtung gedacht – weil alles so unglaublich und phantastisch erschien. Ich bin Wissenschaftler, und das Begreifen geht für mich immer noch über den Verstand. Es gibt keine unerklärlichen Dinge, keine Wunder. Alles ist logisch aufeinander bezogen, folgerichtig in der Entwicklung. Wie konnte man den Menschen, so wie er in unserer Vorstellung existiert, als das Endresultat Jahrmilliarden währender Prozesse ansehen!

Vor mir, auf dem Bildschirm, liegt eine Genkarte des Menschen. Ich nehme den Lichtgriffel und ringle einige Abschnitte ein . . . einige rot . . . einige blau . . . Ich glaube fast, ich bin weitergekommen als Ariane. Selbst sie ist bei den Schmetterlingen stehengeblieben!

Und damit ist eigentlich alles erreicht, was ein Wissenschaftler erreichen kann, die Quintessenz aller Erkenntnisse, die die Station am Nebelstrom für uns bereithielt.

Durch das Antippen eines Kontakts lösche ich das Bild auf dem Schirm. Ich brauche es nicht mehr. Ein leichter, von mir selbst kaum empfundener Stoß, und ich gleite hinüber zur Schleuse. Ich werde sie öffnen . . . wie konnte man tiefe Temperaturen und

Fehlen von Luft als lebensfeindlich auffassen! Ich werde Ariane wiedersehen.

Ein bekannter Physiker hat einmal gesagt, daß Gegenstand der Naturwissenschaft nur jene Erscheinungen sind, die mehrfach auftreten und sich beliebig wiederholen lassen. Das Einmalige dagegen, das Unwiederholbare, entzieht sich dem Zugriff unseres Verstehens – und wird allenfalls Motiv der Phantasie und der Kunst. Auch das Projekt »Nebula« ist eine einmalige Erscheinung, und ebenso das, was mit den daran beteiligten Forschern passiert ist. Die wissenschaftlichen Hintergründe wird man zu durchleuchten trachten; die Meinungen darüber gehen auseinander, Ergebnisse werden auf sich warten lassen. Das menschliche Schicksal aber, das mit diesem Projekt verwoben ist, wird vermutlich für immer im dunkeln bleiben.

Die Geschichte des Berry Winterstein

Habt ihr es gesehen? Wieder ist einer gestartet. Wohin? Zum Mars? Zum Saturn? Vielleicht weiter hinaus? Es gibt jetzt keine Grenzen mehr für sie. Ich wollte, ich wäre jung und könnte dabeisein!

Sie starten lautlos. Ein leises Rauschen, ein kaum hörbarer Pfiff . . . Das ist alles. Erinnert ihr euch noch an die dröhnenden Motoren, an das markerschütternde Kreischen der Düsen? Jetzt erst sind wir dort, wo der Flug in der Geschichte des Lebens begonnen hat: in der Stille. Ein paar Flügelschläge, sich treiben lassen im Wind . . . Hoch über die Wolken – und darüber hinaus. Erst heute ist es möglich. Es gibt keine Grenzen mehr.

Und das alles verdanken wir Berry Winterstein. Heute kennt ihn jeder. Straßen werden nach ihm benannt. Denkmäler sind ihm gewidmet. Das war nicht immer so. Niemand hatte eine Ahnung, daß Berry ein Genie war. Ja, er war ein Genie. Heute wissen wir es. Doch Zeit seines Lebens . . . Was in den Schulbüchern steht, ist unwahr. Man stellt ihn euch als Vorbild hin – welche Ironie! Man könnte glauben, er wäre von Erfolg zu Erfolg geeilt. Alles Lüge! Lange Jahre seines Lebens saß er im Gefängnis. Man hat ihn verspottet und geschmäht. Gewiß, er war ein Genie. Aber war er glücklich? Ich kann mir nicht denken, daß er viele glückliche Stunden hatte.

Woher ich das weiß? Niemand hat Berry so gut gekannt wie ich. Berry Winterstein. Er war ein schmächtiger Junge mit blassem Gesicht. Seine Eltern waren arm – ich glaube, sie verkauften Limonade an einem Kiosk. Der Junge wuchs in der Vorstadt auf, in der abenteuerlichen Landschaft der Schutthalden, der Müllhaufen, der Autowracks, der Trümmer verrostender Maschinenteile. Vielleicht kam von dort der Anstoß zu dem, was aus ihm wurde.

Als ich ihn kennenlernte, muß er etwa zwölf gewesen sein. An unseren Spielen beteiligte er sich nie, und doch suchte er Kontakt. Er hatte stets etwas zu verkaufen oder zu tauschen: Fotoapparate, Plattenspieler, Fernsehgeräte. Es war altes Zeug, irgendwo aufgelesen. Er hatte es repariert und wollte Geld dafür. Damals hatte noch nicht jeder Rotzjunge Geld in den Taschen. Und trotzdem – diese Angebote waren interessant. Und er verlangte nicht viel. Oft genug kratzten wir alles zusammen, was wir hatten, um in den Besitz eines Feldstechers oder einer Pistole zu kommen.

Ich interessierte mich nicht dafür, was er mit dem verdienten Geld machte. Ich erfuhr es aber doch. Eines Tages sprach die ganze Stadt davon. Irgendwo in einer längst aufgelassenen Fabrikhalle hatte er ein Flugzeug gebaut. Er war zwölf Jahre alt, und niemand hätte es geglaubt, wenn man es nicht selbst gesehen hätte. Es war natürlich keine große Maschine, eher so etwas wie eine verkleinerte Ausgabe der einsitzigen Cesna, gerade groß genug, um einen leichtgewichtigen Jungen zu tragen. Er hatte die Maschine niemand gezeigt, und selbst wenn er sie uns gezeigt hätte, so hätten wir ihm nicht geglaubt, daß sie fliegt. Sein Bruder kannte ihn besser, und er hatte ihn bei der Montage beobachtet. Sein Bruder war 17 – er hatte keine Ähnlichkeit mit Berry. Er war ein frecher und dummer Klotz, der sein Ansehen in den Kreisen der Gleichaltrigen seinen Raufereien verdankte. Er hatte seinen Bruder beobachtet, und als die Maschine fertig war, sperrte er diesen im Klo ein und schob die Maschine hinaus, auf eine frisch eingeebnete Baufläche. Natürlich kannte er seinen Bruder besser als wir, und wenn er an etwas glaubte, so waren es Berrys technische Fähigkeiten. Es war ein ganz naiver Glaube an die Tüchtigkeit des Kleineren – er war einfach sicher, daß dessen Konstruktionen funktionierten. Er setzte sich in die Maschine, drückte den Startknopf, löste die Bremse und rollte an. Knapp vor einem Berg verbogener Metallträger zog er sie hoch . . . Und befand sich über den Dächern unseres Viertels. Er dachte nie weiter als über die Stunde hinaus, und so hatte er nichts im Sinn, als die Plätze, die er kannte, von oben zu sehen. Er brauste über den Hinterhof hinweg, in dem wir Fußball zu spielen pflegten, und er zog eine Runde über der Schule, gerade bevor der Unterricht begann. Einige Kilometer lang folgte er dem Fluß und näherte sich so dem Zentrum der Stadt. Immer besser lernte er die Maschine beherrschen, und schließlich flog er aus purem Übermut zwischen den Trägern der Hochbahn hindurch. Als die Nuklearbatterie erschöpft war und er an Höhe verlor, fand sich weit und breit keine Landefläche, und schließlich durchbrach er die Glaswand eines Kaufhauses. Es war die siebente Etage, und die Trümmer des Flugzeugs lagen zwischen Regalen mit Babymoden verteilt. Er wurde mit Schnittwunden ins Spital gebracht, das Flugzeug war kaputt.

Das war der Beginn von Berrys technischer Laufbahn. Seine Eltern prügelten ihn grün und blau. Klar, daß man Schadenersatz verlangte, und daran zerbrach die Familie. Der Vater begann zu saufen und landete in der Trinkerheilstätte. Die Mutter zog mit Männern herum und kümmerte sich nicht mehr um ihren kleinen Sohn.

Wir Jungen sahen die Sache natürlich aus einem ganz anderen Winkel – was Berry da geleistet hatte, imponierte uns mächtig. Einige Tage sprach die ganze Stadt davon, einige Wochen war Berry unser großer Held. Dann hörte man eine Weile nichts mehr von ihm, und bald hatte man ihn vergessen. Auch ich selbst erinnerte mich erst später wieder an Berry, als ich mich mehr und mehr für technische Dinge zu interessieren begann, und ich kam dann ja auch bald ins Technikum.

Ich begann selbst, den einen oder den anderen Apparat zu bauen, und so suchte ich Berry auf und holte mir von ihm Rat und Ersatzteile. Ich kann nicht sagen, daß ich ein Freund von ihm gewesen bin. Ich glaube, er hatte keine Freunde. Aber ich lernte ihn doch ein wenig besser kennen. Und ich weiß, daß er schon damals eine Unmenge Kenntnisse hatte. Wenn er etwas zu erklären versuchte, so verstand ich meist nur Bahnhof.

Mit 18 kam ich auf die Universität und zog in ein anderes Viertel der Stadt. So verlor ich den Kontakt mit Berry. Es muß im ersten oder zweiten Semester meines Studiums gewesen sein, als mir sein Name wieder unterkam. Es war eine abenteuerliche Geschichte, und sie war ebensowenig erfreulich wie das erstemal, als er von sich reden gemacht hatte. Damals begann ich mich ernsthaft für Berry zu interessieren – ich erkannte, daß etwas Besonderes an ihm war, daß seine Bekanntschaft mehr bedeuten könnte als den Kontakt mit einem technisch interessierten Gesprächspartner. Ich fuhr damals zum Jugendgefängnis und bat um eine Besuchserlaubnis.

Was geschehen ist, läßt sich rasch erzählen. Mir ist nie ganz klar geworden, warum man ihn eingesperrt hat. Angeblich bastelte er an einer fernlenkbaren Rakete, und diese machte sich eines Tages selbständig und schlug in einen Juwelierladen ein. Und hier gehen die Meinungen auseinander. Berry meinte, es handelte sich um Zufall, und ich mochte ihm eigentlich glauben. Die Polizei war da anderer Meinung, und sie wurde darin durch die

Tatsache bestärkt, daß sich zufällig in der Nähe einige Rocker befanden, die die Regale ausräumten.

Das Gefängnis hatte auch etwas Gutes für Berry. Ich glaube, es war das erste und einzige Mal, daß man seine Begabung erkannt hat. Er erhielt eine Ausbildung als Mechaniker, und er hatte den ganzen Tag über Gelegenheit, sich mit technischen Dingen zu beschäftigen. Ungeklärt blieb freilich, wie es ihm gelang, selbst in dieser Umgebung einen Flugkörper zu bauen. Vielleicht lag das daran, daß dieses Ding keinerlei Ähnlichkeit mit dem hatte, was man sich unter einem Flugzeug vorstellt. Eigentlich war es nur ein Gestell mit einem einmontierten Sitz. Durch ein raffiniert ausgeklügeltes mechanisches System konnte Berry Flügel ausklappen. Er hatte sie mit Butterbrotpapier verkleidet. Anstatt einer Batterie verwendete er ein Schwungrad, das vor dem Aufstieg in Bewegung versetzt wurde – er brauchte es dazu nur an den Motor einer Schleifmaschine anzuschließen, die in der Lehrwerkstätte stand. Die gespeicherte Energie genügte, um das Ding 100 Meter weit in die Höhe zu bringen, und dann schwenkte er die Flügel aus und segelte im Gleitflug davon.

Es wäre auch alles gutgegangen, wenn nicht einer der Polizisten auf die Idee gekommen wäre, ihn mit Leuchtraketen zu beschießen. Das Papier geriet in Brand, und Berry konnte von Glück reden, daß er auf der weichen Erde eines Blumenbeets irgendwo im Hinterhof eines Wochenendhauses landete.

Berry saß seine Strafe ab, und als er das Gefängnis verließ, wurde ihm streng untersagt, sich jemals wieder mit Flugkörpern zu beschäftigen. Aber wem kann man so etwas verbieten?

Als ich Berry eines Tages besuchte – er wohnte im Dachgeschoß eines halbleeren Hauses –, beschäftigte er sich mit Modellflugzeugen. »Das einzige, was ich mir noch leisten kann«, sagte er. »Wenn der Mann vom Sozialamt kommt, räume ich sie weg.«

»Und wovon lebst du?«

»Ich repariere Nähmaschinen«, antwortete Berry. »Du hast keine Ahnung, wie die Frauen ihre Nähmaschinen behandeln. Na schön – ich lebe davon.«

Aber jede Resignation, die sonst recht deutlich wurde, verschwand, wenn er von seinen Konstruktionen sprach. Er führte mir ein Flugmodell vor. Ich beschäftigte mich mit ganz anderen Dingen, und so waren mir die Ausdrücke, die er brauchte, nicht geläufig. Er sprach von Rudermaschinen und Frequenzmodulation, von Turbulenzen und Bremsklappen, von elektronischer Koppelung und automatischer Adaptation. Mit Hilfe der winzigen Atombatterien kann man diese Dinger ja praktisch unbegrenzt ziehen lassen, aber es war mir klar, daß Berrys Modelle weit über das hinausgingen, was damals bekannt und üblich war. Schließlich ließ Berry eine seiner Konstruktionen fliegen. Er startete sie aus dem Fenster hinaus, und sie schraubte sich zwischen Häuserwänden, Lampenmasten und Leitungen hindurch – dank eines Echolotprinzips, das einen Zusammenstoß praktisch unmöglich machte. Sie stieg in die Höhe, bis sie nur noch als ein Punkt sichtbar war – dann war sie im Dunst verschwunden.

»Und was jetzt?« fragte ich. »Wie lange dauert so ein Flug? Wann holst du sie zurück?«

»Weißt du, wie groß ihre Reichweite ist? 500 Meter? 1000 Meter? Nein – sie fliegt 1000 km weit – und wieder zurück. Und sie hat eine enorme Tragfähigkeit, verstehst du – sie kann Lasten mitnehmen: bis zu 1500 Gramm. Ich könnte mir denken, daß sich die Industrie dafür interessiert. Vielleicht kann ich eine Lizenz verkaufen?«

»Und wofür könnte man solche Modellflugzeuge brauchen?« fragte ich.

»Darüber habe ich noch nicht nachgedacht«, antwortete er. »Aber in der Technik ist alles brauchbar – für alles findet sich ein Zweck.«

Berry konnte seine Lizenz nicht verkaufen. Und er fand trotzdem einen Zweck: Damals wanderten viele Leute aus dem Osten aus, und es war ihnen verboten, Geld, Gold oder Schmuck mitzunehmen. Berrys Flugmodelle übernahmen den Transport. Sie brachten das Zeug über die Grenze, unbeobachtet, unbemerkt von den Radaranlagen und den Kontrollflugzeugen. Natürlich kam die Sache eines Tages auf, und Berry landete im Untersuchungsgefängnis. Aber es kam zu keiner Verurteilung. Und wie es scheint, hat er damals immerhin so viel verdient, um seine Ziele weiterhin verfolgen zu können.

Ich bemühte mich, den Kontakt mit Berry nicht abbrechen zu lassen – d. h., ich besuchte ihn zwei- oder dreimal im Jahr. Und wie immer schien er begeistert, daß sich jemand für seine Arbeiten interessierte. Diesmal war es ein Miniflugkörper – er sprach von Miniaturisierung im Flugzeugbau, ja sogar von

Mikrominiaturisierung. »Es müßte möglich sein«, erklärte er, »einen Flugkörper zu bauen, den man in der hohlen Hand verbergen kann. Nicht daß ich schon so weit wäre, aber die Entwicklung läuft darauf zu. Warum sollte in diesem Gebiet nicht möglich sein, was in anderen Industrien selbstverständlich ist.«

»Und wozu soll das gut sein?«

»Wozu? Wozu? Ich könnte mir tausend Möglichkeiten vorstellen. Aber darauf kommt es nicht an – verstehst du? Worauf es ankommt, das ist das technische Problem. Dieses muß man lösen – alles andere kommt von selbst.«

Aus irgendwelchen Gründen habe ich dann Berry längere Zeit nicht gesehen. Ich hatte damals geheiratet, das erste Kind war unterwegs – da hat man andere Sachen im Kopf.

Und doch hörte ich wieder von Berry. Diesmal war er es, der sich meldete. Und es geschah auf eine recht ungewöhnliche Weise. Meine Frau und ich, wir saßen gerade in der Küche beisammen – ich glaube, wir tranken eine Tasse Kaffee und aßen Käsekuchen. Da hörten wir es summen. Zuerst achteten wir nicht darauf, doch dann wurde es lauter und bedrohlich. Das Fenster war offen, und dann bestand kein Zweifel mehr, daß irgend etwas in die Küche gekommen war. Meine Frau faltete eine Zeitung zusammen und stand auf. Ein dunkler Körper ließ sich mitten am Eßtisch nieder, und ich konnte gerade noch die Hand darüberhalten, ehe meine Frau darauf schlug. Das Ding sah zwar aus wie eine Hornisse, aber es war keine. Es war ein winziger Flugkörper, eine Art Schwingenflugzeug, klein und zierlich wie die minuziöse Nachbildung einer großen Flugmaschine – aber solche Modelle gab es nicht.

Das Summen hatte aufgehört, und meine Frau ließ erstaunt die Zeitung sinken. Ich hob den winzigen Apparat auf, vorsichtig, um ihn nicht zu beschädigen. Ich drehte ihn herum, und da sah ich den roten Pfeil, den winzigen Hebel, und ich drückte, ohne zu zögern, darauf. Und prompt glitt ein winziges, dunkles Plättchen aus einem Schlitz. Behutsam zog ich ein Stück schwarzer Folie ab, und dann war nicht mehr zu verkennen, daß es sich um einen Mikrofilm handelte. Ich lief ins Zimmer, kramte in meinen Photosachen, legte den Streifen zwischen die Glasplättchen eines Dias und sah mir das Ganze durch den Betrachter an. Die Schrift war seitenverkehrt, aber ich konnte den Satz, der hier stand, gut lesen:

BIN IN GEFAHR! POLIZEI VERSTÄNDIGEN!
WERDE GEFANGENGEHALTEN: . . .

Und dann folgte eine Adresse, die ich mir nicht gemerkt habe. Aber ich hatte keinen Grund, Berrys Hilferuf zu ignorieren. Denn obwohl die Unterschrift fehlte, war es klar, wer sich auf so ungewöhnliche Weise an mich wandte. Es konnte niemand anderer sein als Berry Winterstein.

Die Polizei reagierte prompt – und hob ein Nest von Agenten aus. Unklar blieb, wie Berry dorthin gelangt war. Wurde er entführt? Oder hatte man ihn durch Angebote oder Versprechungen dorthin gelockt?

Bis heute weiß ich noch nicht so recht, was eigentlich geschehen war. Auch die Polizei rätselte lange daran herum, was diese Agentengruppe eigentlich vorgehabt hatte, und sie kam schließlich zum Ergebnis, daß der Grund einzig allein in der Person von Berry Winterstein lag. Damit blieb die Sache unverständlich, einige Agenten wurden des Landes verwiesen und kamen später unter anderen Namen wieder, und Berry genoß von jetzt an auch die Aufmerksamkeit der Geheimpolizei.

Diese etwas vagen Auskünfte erhielt ich von Berry selbst; einige Tage nach seiner »Befreiung« besuchte er mich – übrigens das einzige Mal, daß ich Besuch von ihm erhielt. Aber was er mir erzählte, war keineswegs erschöpfend, und er begründete seine Zurückhaltung auch: Es wäre besser für mich, nichts zu wissen – er wäre hinter einer großen Sache her, ich könnte mir ja denken, worum es ginge, endlich wäre man auf ihn aufmerksam geworden, wenn auch in anderer Weise, als er immer gehofft hätte. Er hätte jetzt nicht mehr über den Mangel an Angeboten zu klagen, und er könnte sich aussuchen, für welche Seite er arbeitete. Er hätte schon vorher Verbindungen aufgenommen, die aber seinen Erwartungen nicht entsprochen hätten, und so hätte er die Mittel benutzt, die ihm zur Verfügung standen, um Hilfe herbeizurufen. Er sei mir dankbar, daß ich ihm geholfen hätte, im übrigen aber wolle er mich in die Sache nicht mit hineinziehen und bitte um Verständnis, wenn er sich mit Andeutungen begnügen müsse.

Seltsamerweise war es eine Frau, die mich das nächstemal mit Berry in Verbindung brachte. Ich wäre nie auf den Gedanken gekommen, daß Frauen in Berrys Leben eine Rolle spielten, und wie sich herausstellte, hatte ich richtig vermutet. Aber das schließt natürlich nicht aus, daß sich eine von ihm Dinge erhoffte, die er nicht zu geben vermochte. Kurz und gut, eines Tages erschien sie an der Wohnungstür, und sie sah sogar recht ansprechend aus – sehr jung und sehr schüchtern. Sie hielt ein Notizbuch in der Hand – Berrys Notizbuch –, und sie hatte jene Seite aufgeschlagen, auf der meine Adresse stand.

»Berry ist verschwunden«, sagte sie. »Ich weiß, daß Sie sein einziger Freund sind. Bitte helfen Sie mir!«

»Was kann ich tun?« fragte ich. Ich bat sie herein. Und sie erzählte mir das Wenige, das sie wußte. Es war eine alte Geschichte, wie sie sich immer wieder ereignet: Sie hatte Berry kennengelernt – irgendwo, irgendwann – sie fand ihn nett, sie glaubte, sich um ihn kümmern zu müssen, sie hatte seine Wohnung in Ordnung zu halten versucht, für ihn gekocht – und, wie es schien, wenig Aufmerksamkeit bei ihm gefunden. Wie immer war er voller Pläne gewesen, ganz auf seine Arbeit konzentriert, und wie immer schon hatte er keinerlei Gedanken auf eine Verbesserung seiner Situation, auf Sicherheit, regelmäßiges Einkommen, ein bürgerliches Leben und dergleichen verschwendet. Und nun war er verschwunden . . . Es war gar nicht unerwartet geschehen, er hatte schon einiges angedeutet, aber nun waren vier Wochen vergangen, und Berry hätte sich längst wieder melden müssen.

Ich hatte Mühe, diese Informationen in einigermaßen zusammenhängender Form aus ihr herauszuholen, und dann war es ebenso schwer, Anhaltspunkte dafür zu finden, wo sich Berry vielleicht aufhalten könnte. Schließlich erinnerte sie sich, in Berrys Taschen einmal eine Fahrkarte gefunden zu haben, und darauf war eine Station gelocht – irgendwo weit draußen, an der Peripherie der Stadt, im Norden zwischen dem neuen Industriegebiet und dem Aerofrachthafen. Wenn ich auch nicht recht wußte, wie ich ihn dort finden sollte, machte ich mich doch auf den Weg und sah mir die Gegend an. Obwohl die flachen Häuser relativ neu waren, wirkte dieses Viertel noch öder als die Vorstadt, in der Berry und ich aufgewachsen waren; vielleicht lag es daran, daß nirgends ein Strauch, nirgends ein Baum zu finden war. Das Leben spielte sich hier fast so ab wie auf dem Land – alte Leute saßen vor den Haustüren, Frauen liefen mit Einkaufstaschen herum, und Horden von Kindern liefen schreiend und johlend durch die Straßen. Fast hätte ich es übersehen, aber dann kam ich doch darauf: Diese Kinder spielten mit Papierfliegern. Sie ließen sie in die Luft schnellen, bis sie den höchsten Punkt der Startkurve erreicht hatten, dann segelten sie ein Stück, dann knatterte es kurz, die Flugzeuge gewannen wieder an Höhe, und das wiederholte sich mehrere Minuten lang . . .

Eines fiel vor mir nieder, ich hob es auf und bemerkte ein ebenso raffiniertes wie einfaches Antriebssystem: ein kleines Röhrchen, nicht viel dicker als eine Stricknadel, in dem offenbar ein Treibstoff abbrannte und den Flugkörper bei jeder Antriebsphase erneut an Höhe gewinnen ließ. Und da ergab sich für mich der selbstverständliche Schluß, daß Berry in der Nähe sein mußte.

Es war nicht einmal so schwer, ihn aufzufinden. Die Kinder erzählten mir von einem Mann, der abends gelegentlich im Park erschien und ihnen neue Treibsätze brachte. Er hatte ihnen auch erklärt, wie sich ein solcher Flieger basteln ließ. In diesem Park fand ich dann auch Berry. Er war höchst erstaunt, mich zu sehen, und noch erstaunter, als ich ihm von der Besucherin erzählte und von den Sorgen, die sie sich um ihn machte. Ich glaube, in Wahrheit hatte er sie völlig vergessen. Er schien sich auch nicht im klaren darüber zu sein, wie lange er sich hier schon aufgehalten hatte. Damals kam mir zum erstenmal der Verdacht, daß Berry trotz seiner ungewöhnlichen technischen Begabung nicht ganz normal sein könnte. Aber wie dem auch sei – jedenfalls hatte er jetzt Gelegenheit, in einem Labor der NASA zu arbeiten. Er war sehr froh und glücklich darüber, obwohl ich – den von ihm geschilderten Umständen nach – eher den Eindruck hatte, man hielt ihn dort als eine Art technischen Clown, dessen kuriose Ideen man gerne als Anregungen für eigene Entwicklungen nahm. Kurze Zeit darauf tauchten in Zeitschriften Bilder auf, die eigentlich gar nicht hätten gemacht werden dürfen: Politiker bei einer Geheimkonferenz, ein General in der Steuerkanzel eines neuentwickelten Kriegsschiffs, eine Gerichtsverhandlung unter dem Ausschluß der Öffentlichkeit . . . Für mich gab es keinen Zweifel, auf welche Weise diese Aufnahmen zustande gekommen waren. Aber Berry war seiner Zeit wieder einmal voraus. Er sprach von einer Verkleinerung in den atomaren Bereich. Hier wären völlig neue Techniken anzuwenden, er wäre dabei, in die Wissenschaften der Quantenmechanik und der Relativitätstheorie einzusteigen. Er wäre sich im klaren darüber, daß es ein langer Weg war, der vor ihm läge, aber es wäre der einzige, der zum Erfolg führe, und er wäre bereit, ihn zu gehen. »Miniaturisierung im atomaren Bereich?« fragte ich. »Hattest du nicht eines Tages vor, selbst zu fliegen?«

Aber Berry sah mich nur an – und lächelte.

Er war damals um die 50 herum, und es dauerte fast ein viertel Jahrhundert, ehe ich ihn wieder sah. Zwar hatte ich mehrmals versucht, den Kontakt mit ihm herzustellen, aber offenbar hatte er kein Interesse daran.

Ich weiß nicht mehr, wer dann plötzlich wieder von Berry Winterstein zu sprechen begann. Angeblich lebte er in einem Altersheim. Berry Winterstein – und Altersheim . . . das konnte ich mir eigentlich nicht vorstellen. Andererseits aber war auch ich inzwischen ein alter Mann geworden, und obwohl ich, wenn ich an Berry dachte, eher den schmächtigen Jungen oder den unterernährten blassen Mann im Gedächtnis hatte, so mußte auch er inzwischen gealtert sein. Und so erschien es mir logisch: Er hatte keine Angehörigen, niemand, der sich um ihn kümmerte, und was lag näher, als daß man ihn in ein Heim gesteckt hatte. Mit einem Male erwachte wieder mein Interesse. Es konnte nicht allzuschwer sein, seine Adresse ausfindig zu machen. Es gibt nicht allzu viele öffentliche Altersheime.

Schließlich fand ich seinen Namen auf einer Liste. Ich fuhr hin, und er war da. Ich traf ihn in einem winzigen Zimmer. Ein Schrank, zwei Stühle, ein Bett, ein Tisch – und darauf ein Mikroskop.

»Nun Berry – was macht die Fliegerei?« In dem Moment, als ich es gesagt hatte, war es mir auch schon peinlich; denn wie konnte es anders sein, als daß er alle seine Hoffnungen, ein Flugzeug zu konstruieren, aufgegeben hatte. Aber Berry lächelte mich fröhlich an. Die Art, in der er dachte und sprach, hatte sich nicht verändert. Der Pförtner hatte mir angedeutet, der alte Winterstein hätte einen gehörigen Spleen, und er hatte sich vielsagend an die Stirn gegriffen. Aber das konnte nur daran liegen, daß es schwer war, Berry zu verstehen – erst recht für den Pförtner eines Altersheims.

»Du glaubst, ich habe aufgegeben?« fragte mich Berry. »Es ist ganz anders – ich habe einfach Glück gehabt. Ja, du staunst: Jetzt bin ich endlich dort, wo ich schon immer sein wollte – wenn ich auch in eine ganz andere Richtung gegangen bin, als geplant.«

Ich hatte mich auf einen der zerbrechlichen Stühle gesetzt und blickte im Raum herum. Berry mußte den ungläubigen Ausdruck in meinem Gesicht gemerkt haben, denn er fuhr fort: »Ich brauche jetzt kein Labor mehr, keine Werkstatt, keine aufwendigen Apparate. Ich habe alles, was ich brauche!« Und er wies auf den Tisch – auf das Mikroskop. »Damit komme ich jenen Bereichen näher, in denen ich jetzt arbeite. Je weiter man vordringt, um so einfacher werden die Dinge.«

»Ich verstehe wirklich nicht«, sagte ich. »Ein Flugzeug im Mikrobereich – ist es das, woran du arbeitest?«

»Flugzeug und Mikrokosmos – diese beiden Begriffe passen schlecht zueinander. Und doch liegt hier der Schlüssel zur Überwindung der Schwere. Gerade hier – ich hätte es schon viel früher wissen müssen.« Und nun überschüttete er mich wieder mit Fachausdrücken, mit einer Flut von Erklärungen, die ich nicht verstand. Gravitation und Antigravitation, Raumkrümmung, Schwerewellen, Gravitonenlaser . . . Es war wie eh und je.

Es berührte mich seltsam, ihn nach so langer Zeit wieder zu hören. Sein Gesicht war von Falten durchzogen, sein Haar war schmutzigweiß, er hielt sich gebeugt, als hätte er Rückenschmerzen. Und doch sprach er frei und lebendig. Aber es bestand doch ein Unterschied – das wurde mir deutlicher, je länger ich ihm zuhörte. Ich fragte mich selbst, worin die Änderung bestand. Und dann merkte ich, daß es eine Sicherheit war, eine Bestimmtheit, eine Endgültigkeit. Bisher hatte er immer wieder von dem gesprochen, was getan werden müsse. Von Hoffnungen, von Möglichkeiten. Nun sprach er von der Gegenwart. Zuerst freute ich mich für ihn, aber dann kamen mir Zweifel. Noch während er weiterredete – ich verstand kein Wort davon –, drängte sich mir auch die andere Alternative auf: daß er nun ebensogut jede Verbindung mit der Realität verloren haben könnte, und dieser Verdacht verstärkte sich um so mehr, als er sich jetzt einer Terminologie bediente, die eher in die Philosophie als zur Physik und Technik gehörte. Dazu kam die Diskrepanz zwischen dem Ziel, das er angeblich erreicht hatte, und der Situation, in der er sich befand. Und langsam, aber unaufhaltsam kam ich zur Überzeugung, daß sich seine kreative Phantasie endlich und endgültig dem Phantastischen verschrieben hatte, daß er einen Teil seines Weges erreicht hatte, von dem es keine Fortsetzung und keine Rückkehr gab. Und zugleich erschien es mir unerträglich, seinen wirren Ausführungen weiter zuzuhören, seinen Verirrungen in das Reich enttäuschter Erwartungen, in den Raum der Irrationalität, des Alogischen. Ich versuchte ihn zu unterbrechen, ich begann mich nach seinen Gewohnheiten zu erkundigen, nach seiner Gesundheit, nach Wünschen, die ich ihm erfüllen könnte . . . Zuerst war er schwer zu bremsen. Dann schwieg er irritiert, dann wurde er einsilbig, und schließlich stand er mitten in der Unterhaltung auf und zeigte auf einen winzigen schwarzen Fleck an der Decke.

»Du glaubst mir nicht – nun ja, wie könntest du auch! Ich habe Jahrzehnte dazu gebraucht, und ich habe mein ganzes Leben nichts anderes getan, als mich darauf vorzubereiten. Du gehörst einem Menschenschlag an, der nur das glaubt, was er sieht, was er greifen kann. Du hältst mich für einen versponnenen Greis, der nicht mehr weiß, was er spricht. Aber ich kann dir den Beweis liefern. Noch bin ich nicht ganz so weit, um an die Öffentlichkeit zu treten, aber – offen gestanden aus Versehen – habe ich ein Experiment durchgeführt, das die Stichhaltigkeit meiner Überlegungen zeigt.« Noch immer stand er mitten im Raum, und wieder hob er die Hand zur Decke. »Siehst du diesen Fleck? Ich habe ein winziges Aggregat gestartet. Oder besser gesagt – es hat sich, ohne daß ich es wollte, selbständig gemacht. Es hat sich der Schwerkraft entzogen. Die Kräfte, die in nuklearen Dimensionen stecken, sind riesenhaft. Sind sie einmal ausgelöst, dann sind sie nicht mehr einzudämmen. Jedenfalls vorderhand noch nicht – aber wir werden es lernen. Von hier aus, aus diesem schäbigen Zimmer, ist der erste Körper gestartet, der weit über die Wolken hinaus, weit über den Umkreis der Erde, weit über den Anziehungsbereich der Sonne hinweg, ja sogar aus dem Umkreis unserer Milchstraße hinauswandern wird. Wenn ich richtig gerechnet habe, so befindet er sich jetzt bereits jenseits des Merkurs. Brauchst du mehr Beweise?« Er setzte sich, er war sichtlich erschöpft.

Ich betrachtete den kleinen schwarzen Fleck an der Decke, und wenn ich noch einen Beweis für seine Unzurechnungsfähigkeit gebraucht hätte, so hätte ich ihn nun gefunden.

Jetzt kam es nur noch darauf an, ihn nicht zu kränken. Ich nickte und sagte: »Gewiß, ich verstehe, was du meinst. Und du glaubst, daß sich der Mensch einst dieser Kräfte bedienen kann, um sich in den Raum hinaus zu erheben?«

»Schon bald«, sagte er leise, aber bestimmt. »Schon bald!«

Ich blieb nicht mehr lang, verabschiedete mich rasch. Ich drückte ihm die Hand, und ich war gewiß, ihn nie mehr wiederzusehen. Und ich hatte recht – wenn auch auf andere Art als erwartet. Einige Tage später teilte man mir nämlich mit, daß Berry Winterstein verschwunden war. Wie jeden Abend war er im Garten des Altersheims spazierengegangen, und er war nicht mehr zurückgekommen. Andererseits konnte er das Haus nicht verlassen haben, denn am Abend waren die Tore geschlossen, und auf dem Gelände konnte er sich nicht befinden, denn es war alles peinlich durchsucht worden. Sollte es sich um eine Entführung handeln?

Berry Winterstein war arm gewesen, ein Mann ohne Freunde und Verwandte. Er war ein Mensch, den keiner wichtig genommen hatte, und so blieb es, auch als er verschwunden war. Man suchte einige Tage, dann vergaß man ihn. Nur ich vergaß ihn nicht. Immer wieder grübelte ich über sein Verschwinden nach, und eines Tages suchte ich das Altersheim wieder auf. Mein Wunsch wurde zwar mit Kopfschütteln quittiert, aber man führte mich bereitwillig in alle Geschoße. Ich betrat das Zimmer, das über jenem von Berry lag, und ich besichtigte auch jenes darüber und noch ein weiteres in der nächsten Etage, und dann stieg ich in den Speicher hinauf, und schließlich holte ich mir eine Leiter und kletterte zum Dach empor. Und das, was ich insgeheim schon längst erwartet hatte, bestätigte sich: Der unscheinbare schwarze Fleck, den ich für einen durch Zufall entstandenen Hohlraum im Gemäuer angesehen hatte, war die Mündung eines engen Kanals, der die Zwischendecke durchsetzte, und ebenso die nächste und alle anderen – bis hinauf zum Dach . . . Und ich fand sogar den Ziegel, der in der Bahnlinie lag, und auch er wies die Öffnung auf. Am nächsten Tag schrieb ich an den Forschungsrat. Wahrscheinlich hätte man meine Eingabe kaum beachtet, wenn ich nicht drei Viertel meines Lebens als Beamter hinter mich gebracht hätte . . . Vielleicht war es nur die Höflichkeit, einem in Ehren Entlassenen gegenüber. Was aber auch immer der Grund war – zum erstenmal beschäftigten sich Wissenschaftler und Techniker ernsthaft mit Berry Wintersteins Überlegungen. Er hatte eine Menge Aufzeichnungen hinterlassen – Pläne, Formeln, Notizen, ein Durcheinander, schwer zu entziffern, doch in diesen Kriterien lag der Schlüssel zu den letzten physikalischen Erkenntnissen. Nach einigen Wochen war es bereits ein ganzes Institut, das auf seiner Grundlage weiterarbeitete, und dann vergingen noch einmal zehn Jahre bis zum Start des ersten Flugkörpers auf der Basis der Gravitonenresonanz.

Das war die Geschichte von Berry Winterstein, des größten Gelehrten der jüngsten Zeit. Ihr seht, daß es kein Mann war, den man beneiden muß. Der Weg, den er gegangen ist, war schwer, und er hätte ihn nicht gehen können, wenn er auch nur für kurze Zeit die Hoffnung verloren hätte, sein Ziel zu erreichen. Er wollte fliegen, der Schwerkraft der Erde entrinnen – und ich hoffe, er hat wenigstens für einige Augenblicke hindurch das Glücksgefühl erlebt, es erreicht zu haben.

Das rosarote Universum

IDENT NR 663 / 70003; 18
JOB 993022
SERIE 17
GROUP 3; GO TO PSYCHOGRAMME
SPEC 8; 19; 20
PLOT 12/3
CONFLICT: LISTE
ACTION: INTERACTIV, ASSOC MEMORY
POSITION: CURSER
TIME: 5000 +
SCENE: LISTE
CHANCE: RANDOM 80/100
INTENSITY 65/100
PART 1 (INTRODUCTION) GO
START

Tief in den Sattel geduckt, die Füße in den Bügeln . . . die Luft rauscht und pfeift, sie ist glasklar und kühl. Wie ein Geschoß, das die Atmosphäre durchbohrt – ich erahne die Luftwirbel und Turbulenzstreifen, die wir hinter uns herziehen . . . Die Hände in die Federn verkrallt, sitze ich sicher in meinem luftigen Nest. Wenn der Greif die Flügel anwinkelt und sich in den Sturzflug fallen läßt, dann hebt sich mein Magen, und ich kann mich des Gefühls nicht erwehren, den Halt zu verlieren und hinausgeschleudert zu werden, zu fallen, mitten in die Befestigungen des Gegners hinein – Ende einer Auseinandersetzung, ehe sie noch begonnen hat.

Doch dann breitet der Riesenvogel seine Schwingen aus, ein glatt gespannter, regenbogengestreifter Fächer, läßt sich vom Luftstrom fangen, emportragen in einem Moment des Aufbäumens, um sich dann mit einem mächtigen Flügelschlag vorwärts zu stoßen, weit über den Rand der Mauern hinweg, die die feindliche Burg umgeben.

Ich habe gesehen, was ich sehen wollte. Die Gebäude überdimensioniert, die Türme riesenhaft, die Treppenstufen meterhoch. Alles grobschlächtig und schwarz: die Mauern aus riesigen Blöcken zusammengesetzt, windschief ineinander verkeilt, dazwischen Nischen und Winkel, nur wenige Fenster, schmal wie Schießscharten. Wer hat diese Festung gebaut? Wer sind die Bewohner dieses aller logischen Zusammenhänge entbehrenden Relikts eines überholten Rittertums? Noch hat sich keiner von ihnen gezeigt, meiner Phantasie ist es freigestellt, sie sich auszumalen. Nur eines steht fest: daß es Riesen sein müssen, Kolosse, Giganten . . .

Nun sind wir weit hinaufgestiegen, die Luft wird dünn und kalt, doch sie bleibt frisch, der Ozongehalt ist hoch, und es macht Vergnügen, tief durchzuatmen.

Das Tal, die Berge ringsherum . . . eine von Naturgewalten zerrissene Wildnis. Ganze Reihen von Schluchten, die Wände durchlöchert, ausgelaugt. An den Rändern sind Reste alter Gesteinsadern zurückgeblieben, sie bilden ein Relief messerscharfer Grate. In den Vertiefungen Anschwemmungen von weißem Sand, glitzernd im Sonnenlicht. Der Übergang in ein weites Tal, dann der Hügel, fast ein Fremdkörper mit seinen glatten, matt spiegelnden Wänden. Dort steht die Burg – sie haben den Standort gut gewählt: der Felsblock aus innenbürtigem Gestein ein natürliches Bollwerk.

Wir steigen höher und noch höher – fast scheint es, als mache es dem Tier Freude, seine Kraft im Höhenflug zu erproben. Hin und wieder pfeilen wir durch einen Nebelhauch aus Eiskristallen, fein wie Staub. Nun ist zu erkennen, daß dieses Tal nur eines von vielen ist . . . Es sind vulkanische Erhebungen, die sie trennen. Es sieht aus, als sei die Lava aus Spaltensystemen hochgepreßt worden, so regelmäßig ist das Gefüge der Gebirgszüge, in das die Täler eingebettet liegen. Flüssiges Gestein, im Schmelzfluß erstarrt – bauchige Formen, nicht weniger bizarr als das Löcherwerk der Korrosion am Rande der Schluchten. Und mitten aus den knolligen Massen aufragend die Säulen aus Basalt, ganze Stapel schief in die Landschaft gestellt. Sie bilden eine ausgezahnte Kontur, da und dort ragt eine weit über die anderen hinaus: Obeliske, mit denen die Natur sich selbst ein Denkmal setzte.

Und über allem großer roter Schein der Sonne dieses vergessenen Planeten. Kein Orangeton, keine Spur von Purpur – echtes Rosarot wie jenes einer Leuchtschrift in Fluoreszenzfarbe. Wie Fluoreszenz wirkt auch das Glühen der Felswände, die von diesem magischen Licht getroffen werden; es leuchtet so tief in das Relief hinein, daß selbst die Schattenlöcher von rosarotem Nebel erfüllt scheinen . . .

*

Es ist ein Summton, der mich aus meinen Gedanken reißt: eine Reihe von kurzen Lauten mit ebenso kurzen Pausen dazwischen . . . Ich brauche einige Sekunden, um mich zurechtzufinden. Mechanisch stelle ich den Holographen ab und schalte mit einem Knopfdruck die Gegensprechanlage des Telephons ein. Irgend jemand will etwas über den Sendetermin meines letzten Action-Spiels wissen, und ich gebe zerstreut Antwort. Und ebenso gedankenlos blicke ich durch das Fenster, ein mattweißes Viereck, von kreuz und quer laufenden Schattenlinien durchbrochen. Wer weiß, was dahinter liegt? Manchmal höre ich Geräusche, dumpf und verwischt – schwer zu deuten. Das Rauschen des Verkehrs? Die Stimmen vieler Menschen? Geräusche von Maschinen? Bisher hat es mich nicht interessiert – nun auf einmal möchte ich wissen, was sich dahinter verbirgt. Ich sitze ein wenig erschöpft in meinem Sessel. Ich – Bert Severin. Eigentlich heiße ich Albert Sevinsky – Bert Severin ist mein Künstlername, das Pseudonym, das ich mir für meine Geschichten zurechtgelegt habe; ich schreibe sie in der Ich-Form. Ob einer der Zuschauer daran glaubt, daß es den Helden Severin wirklich gibt? Ich blicke auf die Uhr – es ist später, als ich angenommen habe. Noch eineinhalb Stunden, dann beginnt das autogene Training, die psychische Regeneration. Danach eine halbe Stunde zur Nahrungsaufnahme, ehe das Licht ausgedreht wird. Vielleicht kann ich meine Geschichte heute noch beenden? Es würde mir Pluspunkte eintragen. Die Manschette mit dem Sensor zur Abnahme des Pulsschlags hat sich gelockert, und ich ziehe sie fest. Ich beuge mich vor und schalte den Holographen ein. Das Landschaftsbild scheint aus der Luft auszuflocken, es legt sich zwischen mich und die Wände, zwischen mich und das Fenster . . . Nur noch freischwebende mattweiße Rechtecke . . . Sie treten ins Ungewisse zurück . . . Nun befinde ich mich wieder am Schauplatz des Geschehens, im rosaroten Universum meines Abenteuers.

*

Die Sonne hat sich hinter die Bergkette zurückgezogen, doch immer noch ist der ganze Himmel von einem rosafarbenen Leuchten überzogen. Es genügt, um mir die Sicht zu ermöglichen. Ich blicke rundum . . . ich habe mich in einem flachen Talabschnitt absetzen lassen, in angemessener Entfernung von der Burg, doch nahe genug, um sie in einer halben Stunde zu erreichen. Inzwischen nähere ich mich vorsichtig, schleiche mich an – die Felszacken gewähren mir Deckung. Nur das letzte Stück, der Weg über die aus weißem Sand dahingebreitete Ebene, wirft Probleme auf. Ich blicke auf die Uhr – noch zwölf Minuten . . . dann werden die intelligenten Vögel mit ihrem Ablenkungsmanöver beginnen.

Von Zeit zu Zeit hebe ich den Kopf, blicke über die Felsvorsprünge hinweg . . . Jetzt, in der Dämmerung, sieht die Befestigung noch bedrohlicher aus als am Tage. Gegen den rosa schimmernden Himmel bildet sie eine schwarze Silhouette, und am Rand, über die Mauern hinausragend, erkenne ich die Rohrenden der Raketenwerfer. Alles ist ruhig, nur in Bodennähe flackert von Zeit zu Zeit Lichtschein auf.

Ich liege in einer Mulde am Rande der Einebnung. Noch einige Minuten, dann kann das Wagnis beginnen. Ich versuche mich zu entspannen, Kräfte zu sammeln für die nächsten gefährlichen Stunden.

Und dann steigen sie auf, ein ganzer Schwarm – ich kann das Flattern bis hierher hören! Sie bilden eine deltaförmige Figur am Himmel, die Spitze eines Pfeils, der sich der Befestigung nähert. Jetzt beginnt sich auch dort drüben etwas zu regen. Lichter blinken auf, die Rohre der Raketenwerfer heben sich. Ich zögere nicht mehr – so rasch es auf dem locker-körnigen Untergrund geht, laufe ich vor, in gerader Linie auf die Burg zu. Ich gewöhne mich rasch an den Sandboden. In großen Sätzen geht es dahin; die Schwerkraft ist geringer als jene der Erde – mir ist, als gingen meine Sprünge in Schweben über, als hielte ich mich sekundenlang in der Luft, ehe ich zum nächsten Satz niedersinke, den Boden nur kurz berühre, mich wieder abstoße . . . weiter . . . weiter . . . weiter . . . die Zeit drängt . . .

Niemand scheint von mir Notiz zu nehmen – ihre Aufmerksamkeit gilt offenbar den Vögeln, die die Burg umkreisen. Jetzt dröhnen dumpfe Detonationen auf, und gleich danach setzen die Düsen ein. Mit dünnem Pfeifen steigen die Geschosse auf und ziehen steile, weißpunktierte Bogen über den Himmel. Es dauert eine Weile, ehe das Echo von den Bergwänden widerhallt; dann aber ist das ganze Tal von seltsam gebrochenem Lärm erfüllt.

ACTION STOP/RUN
PEAK
GO

Und trotzdem kann ich mit erschreckender Deutlichkeit einen schrillen Vogelruf heraushören, den Schrei einer zu Tode getroffenen Kreatur, und schon flattert eine bunte Wolke von Federn zur Erde nieder. Sie haben sich zu nahe herangewagt! Wie leid es mir tut! Von hier aus kann ich ihnen nicht helfen. Aber ich hoffe, daß sie von nun an sicheren Abstand einhalten. Denn inzwischen ist die Zeit vergangen, die ich zur Überquerung eingeplant habe – nur noch einige letzte Schritte, und ich werfe mich an den Rand der Felswand, in einen Einschnitt, der mir Deckung gibt – froh, kurze Zeit ausruhen zu können, aber keineswegs erschöpft.

Wenig später beobachte ich, daß meine fliegenden Gefährten abziehen – wieder in strenger Formation, gegen den dunkler werdenden Hügel kaum noch abzuheben. Ich aber richte mich auf und sehe mich nach einer Stelle um, die es mir erlaubt, emporzuklettern.

*

Das Dröhnen der Echos liegt noch in meinem Ohr, als der Holograph längst abgestellt ist. Ich stehe auf, strecke mich – meine Muskeln sind vom langen Sitzen verkrampft. Ich fühle mich müde, als hätte ich eben ein sportliches Training hinter mich gebracht. Unsicher gehe ich hinüber zum Kühlschrank, der eine Wandseite meines achteckigen Arbeits- und Schlafraums einnimmt, und gieße mir ein Glas Mokka-Cola ein.

Wie würde die Geschichte weiterlaufen? Die Konsequenzen meiner bisherigen Konzepte habe ich gut überblicken können, doch dies ist etwas Neues für mich. Eigentlich weiß ich selbst nicht, was mir da eingefallen ist! Bisher war ich stolz darauf, zu den seriösen Autoren meines Fachs zu gehören, und selbst die Kritiker müssen anerkennen, daß ich in den Einschätzungen der

Zukunft richtig liege. So mögen die Szenarios, die ich dem Computer eingebe, durchaus einer möglichen Wirklichkeit entsprechen. Ich habe mir Mangelwelten ausgedacht, Welten des Hungers und der Übervölkerung, Welten ohne Rohstoffe und ohne Energie. Menschen, in riesigen Stadtmaschinen zusammengepfercht, zu entwürdigender Schwerarbeit gezwungen und von Robotern überwacht. Ich habe die Psychogramme von Menschen entworfen, die sich an dieses Leben angepaßt haben, und die Konfliktsituationen ausgewählt, um die es in den Aktionsspielen gehen soll. Und obwohl der Computer das Geschehen selbst entwickelt, so ist doch meist abzusehen, in welchen Bahnen es verläuft, zu welchen Folgen es führt. Meist waren sie nicht erfreulich. Warum sich die Menschen diese Spiele ansehen? Wahrscheinlich schätzen sie dann ihr eigenes Dasein positiver ein.

Bisher bin ich mit meiner Aufgabe zufrieden gewesen. Im Dienste der Allgemeinheit kann ich eine sinnvolle Tätigkeit ausüben. Was ist nur plötzlich in mich gefahren? Was hat mich bewogen, von meinem bewährten und anerkannten Schema abzuweichen? Es ist ganz spontan geschehen: Anstatt der künftigen Erde mit ihrer zerstörten Natur, mit ihren wuchernden Städten, verschmutzt, zerstört, chemisch und radioaktiv verseucht, habe ich plötzlich die Parameter einer völlig absurden Kulisse einprogrammiert: die phantastische Landschaft eines Märchenbuchs, archaische Konflikte, die nichts mit Realität zu tun haben und eher irgendwelchen urtümlichen Traumvorstellungen entsprechen. Und doch ist das Ergebnis faszinierend – vielleicht gerade deshalb, weil es sich zwar logisch, doch in der zugrunde gelegten absurden Situation unvorhersehbar entwikkelt.

Obwohl diese Geschichte eine Auftragsarbeit ist wie alle anderen, die ich konzipiert habe, bin ich mir nicht mehr sicher, ob ich sie überhaupt abliefern soll. Einen Augenblick kommt mir der Gedanke in den Sinn, die Ereigniskette einfach abzubrechen und etwas Neues anzufangen, doch wie unter einem inneren Zwang trete ich wieder an den Arbeitsplatz und schalte den Holographen ein. Meine Finger senken sich auf die Tasten. Das »Bereit«-Zeichen verschwindet vom Bildschirm, statt dessen reihen sich die Zeilen aus Worten und Symbolen auf, in denen das Geschehen verschlüsselt liegt.

CONTINUE
PARAMETER: = PART 1
POSITION: CURSER
TIME: JUMP
SCENE: LISTE STOP/RUN
INTENSITY 40/100
PART 2 GO
START

Obwohl der zentrale Computer, an dessen Datennetz ich angeschlossen bin, superschnell arbeitet, dauert es eine Weile, bis der Inhalt der Speicher überspielt, die Charakterbilder aufgebaut, der Action-Generator aktiviert ist. Auf dem Bildschirm erscheinen Abfragegrafen – gegen meine Gewohnheit überlasse ich wesentliche Teile des Programms der Entscheidung des Computers, oder dem Zufall – was dasselbe ist. Noch eine Pause – wahrscheinlich liegt es am Time sharing, meine Priorität ist gering. Doch dann baut sich das holographische Bild auf, ein leises Knacken aus der Raumtonanlage . . .

*

Was ich befürchtet habe, ist eingetreten: Die Wand erweist sich als so steil und glatt, daß an ein Erklettern nicht zu denken ist. So bleibt mir nichts anderes übrig, als an ihrem Fuß entlangzugehen, bis dorthin, wo die Riesentreppe zum großen Tor führt, das den Eingang bildet. Ich habe die Stufenhöhe auf ein bis zwei Meter eingeschätzt, und tatsächlich liegt das wahre Maß etwa in diesem Bereich. Keine leichte Aufgabe, hundert Meter hoch über mannshohe Stufen emporzuklettern. Noch ehe ich mich dazu entschließen kann, fällt mir etwas Seltsames auf: Neben der Riesentreppe führt nämlich noch eine zweite hinauf, die offensichtlich auf menschliche Dimensionen zugeschnitten ist. Sollte es hier, auf dieser entlegenen Welt, einst Menschen gegeben haben? Sollten die Raumfahrer, die vor Jahren auf diesem Planeten gelandet waren, bis hierher gekommen sein? Ich halte mich nicht mit Mutmaßungen auf, sondern beeile mich mit dem Aufstieg. Ich kann nur hoffen, daß sich die Aufmerksamkeit meiner Gegner immer noch gegen den Himmel richtet.

Oben am Tor angekommen, zögere ich. Jedes Lebewesen, nicht

nur der Mensch, pflegt den Eingang zu seiner Behausung zu bewachen, und so ziehe ich es vor, seitlich vom Tor auf die Mauer zu klettern und mich zunächst einmal über die Situation zu informieren. Vorsichtig schiebe ich mich höher, bis ich über die Kante hinwegblicken kann – und da sehe ich zum erstenmal eine jener Kreaturen aus der Nähe, die ich bisher nur vom Radarschirm her kenne: riesige, runde Körper, an Elefanten erinnernd, doch auf zwei säulenartigen Beinen stehend. Zwei fast ebenso dicke affenartig lange Arme, auf dem Rumpf ein unerwartet kleiner kugelrunder Kopf. Gesichtszüge kann ich nicht erkennen, nur die hellen Flecken der Augen und, im Profil, zwei kurze, dreieckig gespitzte Ohren.

Es scheint ein Wächter zu sein, der dort unten steht. Er kann mich nicht sehen, doch weiß ich nicht, wie gut sein Gehör ausgebildet ist. Daher lasse ich mich leise an der Außenwand abwärts gleiten, laufe auf Zehenspitzen weiter die Mauer entlang, auf einem schmalen Band, das sie vom Abgrund trennt. Dann schwinge ich mich wieder empor . . . vor mir ein grobgepflasterter Vorhof, dahinter das Bauwerk, das so verblüffend an eine mittelalterliche Burg erinnert; es fehlen nur die Erker und Zinnen.

Da sich weit und breit nichts regt oder bewegt, springe ich möglichst geräuschlos hinunter und laufe über das grobe Pflaster, um in den kargen Schutz der Gebäudewand zu kommen. Dort ist es merklich dunkler, und wer keine Katzenaugen besitzt, sollte mich nicht bemerken können.

Ich habe keinen festen Plan, es geht nur darum, einen günstigen Weg zu finden, um die Bewohner der Festung auszuschalten, die sich hier festgesetzt haben. Stammen sie von diesem Planeten, oder sind sie von außerhalb gekommen? Noch läßt sich diese Frage nicht beantworten. Fest steht nur, daß sie dem Menschen den Zugang zu dieser Welt verwehren. Von den zwei Raumschiffbesatzungen, die hier gelandet sind, hat man nie wieder etwas gehört. Das ist der Grund dafür, daß man einen Raumscout wie mich eingesetzt hat. Bert Severin! Ich werde auch mit dieser Aufgabe fertig werden!

ACTION RUN/STOP
INCREASE
GO

Rechts von mir trüber Lichtschein . . . vorsichtig schleiche ich darauf zu. Ein Fenster, davor ein schweres metallenes Gitter . . . Man hat Mühe, zwischen den Stäben hindurch etwas vom Inneren zu erkennen: ein Gewölbe, Souterrain – der Boden etwa fünf Meter tiefer. Die Wände im Schatten, die Einrichtung karg. Eine Reihe primitiver Regale, zwei schwere hölzerne Bänke an den Wänden, an einer Seite ein Kasten, darauf drei schmiedeeiserne Leuchter mit brennenden Kerzen. In der Mitte ein Tischchen, rechts und links fellbezogene Lehnsessel . . . Und nun erst sehe ich, daß sich jemand in diesem Raum befindet – es sind Menschen! Der eine ein alter, doch kräftig wirkender Mann, der mir das Gesicht zuwendet: ein hartes, dunkles Gesicht, schmaler Mund, schwarze Augen, buschige Brauen. Ihm gegenüber ein Mädchen oder eine junge Frau – ich sehe nur ihren Rücken, doch ich kann das lange blonde Haar erkennen. Obwohl ich das Gesicht nicht sehe, stelle ich es mir vor, und ich zweifle keine Sekunde daran, daß die Wirklichkeit meiner Vorstellung entspricht. Sie trägt ein langes Kleid aus dunkelbraunem Samt, das die Arme freigibt. Der Rücken ist mit einem seidig-durchsichtigen Tuch bedeckt, in das sie sich wie frierend eingehüllt hat. Und dann – unwillkürlich zucke ich zusammen – löst sich aus dem Dunkel des Hintergrunds eine riesige Gestalt, einer jener Kolosse mit lederartiger, runzeliger Haut . . . welch ein Gegensatz! Ihm gegenüber erscheinen die Menschen winzig. Das Ungetüm tritt vor sie hin . . . und verdeckt mir die Sicht.

So gibt es also doch noch Überlebende der Raumschiffbesatzungen! Damit stellt sich eine zusätzliche Aufgabe für mich: Vor dem endgültigen Angriff gilt es die Menschen zu befreien! Vielleicht gelingt mir das heute schon – da es möglich war, unbemerkt hineinzukommen, so sollte es auch möglich sein, zu dritt wieder zu entfliehen. Zwar habe ich nur für meine eigene Flucht vorgesorgt, doch der Greif, der mich abholen soll, kann zur Not auch das Gewicht von drei Menschen tragen.

Inzwischen hat der Koloß den Raum wieder verlassen, die beiden Menschen sitzen regungslos auf ihren Bänken – ich kann mir ihre Verzweiflung vorstellen.

Plötzlich tappende Laute, ein Schleifen . . . nicht weit von mir gleitet ein Türflügel auf, und eine dunkle Masse quillt heraus. Die Tür schlägt zu, die Gestalt kommt näher . . . bewegt sich nur wenige Meter an mir vorbei – vage kann ich die plumpen Füße mit einem runden Dutzend krallenbewehrter Zehen erkennen. Der übrige Körper bewegt sich irgendwo oben an mir vorbei – zu meinem Glück, denn so befinde ich mich außerhalb des Blickfelds seiner Augen. Dann ist der Spuk vorbei.

Dieses Ereignis, so unheimlich es ist, bedeutet mir eine willkommene Information – nun weiß ich, wie ich zu den beiden Gefangenen kommen kann. Rasch laufe ich hinüber, drücke den Türflügel beiseite und folge einem Gang, der mit geneigtem Boden abwärts führt. Noch eine jener schweren Schwingtüren . . . ich öffne sie nur einen Spalt breit . . . Ich stehe in jenem Gewölbe, das ich von oben, durch das Gitterfenster, gesehen habe. Noch bemerken mich die zwei Menschen nicht, doch als ich näher trete, drehen sie sich um – ungläubiges Staunen auf ihren Gesichtern . . .

»Für Erklärungen ist jetzt keine Zeit!« sage ich. Sie stehen vor mir: der Mann etwa 60 Jahre alt, großgewachsen, fast herrisch. Das Mädchen noch zarter, als ich erwartet habe – geradezu zerbrechlich und rührend jung.

»Wo kommst du her? Wer bist du?« Es war der Mann, der dies in befehlsgewohntem Ton fragte. Irgend etwas irritierte mich, irgend etwas erscheint mir unlogisch, unpassend . . .

»Ihr braucht keine Angst zu haben, ich bin da, um euch zu befreien!«

Noch immer zögern die beiden. Wahrscheinlich können sie die unversehens eingetretene Wendung ihres Schicksals noch nicht fassen.

»Was hast du vor? Bist du allein?«

»Ich bin allein«, bestätige ich, »aber macht euch deshalb keine Sorgen! Mit euren Bewachern werde ich fertig, und die Burg wird bald in meinen Händen sein. Nun dürfen wir aber keine Zeit mehr verlieren – kommt!« Ich greife nach der Hand des Mädchens und versuche, es mit mir zu ziehen. Wieder läßt sie etwas zögern. Ich drehe mich um – und sehe, wie der Mann eine Pfeife an die Lippen setzt . . . Es ertönt ein hoher, sirrender Ton. Noch ehe ich eine Erklärung finde, höre ich ein Poltern und Trampeln, nicht weniger als vier der riesenhaften Ungeheuer laufen mit unerwartet geschmeidigen Bewegungen in den Saal.

»Nehmt ihn fest!« Das ist eine Anordnung von jemand, der weiß, daß man ihm gehorcht. Zwei Hände greifen nach mir, die Finger so groß wie Unterarme . . . Im Nu schwebe ich meterhoch über dem Boden, und ehe ich fortgetragen werde, kann ich noch den Blick des Mädchens auffangen, der mir mitleidvoll und traurig zugleich erscheint.

ACTION STOP/RUN
MINUS LEVEL
GO

Mir wird schwindlig, ich habe Mühe, die Umgebung zu erkennen, manchmal tiefes Dunkel, dazwischen blendendes Licht, Gänge, Treppen . . . wir kommen immer tiefer, müssen schon weit im Inneren der vulkanischen Kuppe sein, die die Festung trägt. Hier sieht es ganz anders aus als oben, nichts erinnert mehr an mittelalterliche Gewölbe. Leuchtstreifen an den Wänden, Pictogramme, Wegweiser und Warnungstafeln: FLUCHTWEG! HEISSES LABOR! SPRENGSÄTZE! Die Luft warm und feucht, schwacher Geruch eines Desinfektionsmittels, mein Schwindelgefühl geht in halbe Betäubung über. Ich merke noch, daß man mich in einen Raum bringt, auf eine Liege setzt . . . die Tür gleitet hinter mir zu.

Es dauert lang, bis ich wieder zu mir komme, mich umsehen kann. Meine Zelle ist ein achteckiger Raum, die Wände mit grauem Kunststoff verkleidet, an einer davon ein vergittertes Fenster mit Mattglasscheiben. Ich sinke in einen Sessel, der in der Mitte des Raumes steht, fühle mich unglücklich und schwach, muß erst mit der Enttäuschung fertig werden. Schließlich reißt mich ein Klingelzeichen aus meiner Lethargie.

*

Ich brauche noch eine ganze Weile, um mich zu besinnen. Ach ja – das Dasein eines Gefangenen, nun schon zur Routine geworden. Kein schlichtes Kerkerleben, nein, eine raffinierte Art der Folter: Sie zwingen mich zu sinnloser Arbeit, für die höchste Konzentration nötig ist – Konzentration auf abseitige, phantastische Geschehnisse, in die ich irgendwie selbst verstrickt bin. Sie kontrollieren jede meiner Handlungen, überwachen mich über Mikrophone und Videokameras. Sie verunsichern mich durch Bilder und Töne, die sie in meinen Raum einspielen, gaukeln mir Wirklichkeit als Illusion vor, die es nicht gibt, versuchen mir

Illusion als Wirklichkeit unterzuschieben. Aber so leicht lasse ich mich nicht unterkriegen!

Vor mir blinkt ein rotes Licht – Massage, Unterricht, autogenes Training, Ruhezeit oder Arbeitsbeginn ... Im Moment kümmert es mich nicht. Natürlich bin ich mir im klaren darüber, daß mein Fehlverhalten registriert werden wird; die Freizeit ist ebenso streng eingeteilt wie die Arbeitszeit. Die körperliche Ertüchtigung, die psychischen Übungen, die Regeneration der Aufmerksamkeits- und Konzentrationsfähigkeit ... die Zusammensetzung der Nahrungsmittel ist optimal auf den individuellen Metabolismus eingestellt, die psychischen Übungen entsprechen meinem Charakter und meinem Temperament – nicht zuletzt auch meinen beruflichen Anforderungen. Ich weiß, daß meine Arbeit, ihre Folgerichtigkeit, die Zahl der Fehler, die Frequenz der Eingabedaten sowie der Kreativitätsfaktor ständig überwacht werden; der Spielraum, innerhalb dessen ich mich bewegen kann, ist eng. Und gerate ich über die mir gesetzten Marken hinaus, so muß ich mit einer Sonderbehandlung rechnen, mit einigen Tagen oder Wochen Psychoklinik. Und wenn ich letztlich die Prüfung nicht bestehe, ordnen sie mich eine Leistungsstufe tiefer ein – dann werde ich zu einer anderen Tätigkeit delegiert, zu etwas, was noch eintöniger ist als das, was zu tun ich jetzt gezwungen bin ...

Endlich beuge ich mich wieder über die Tastatur und tippe den nächsten Programmteil ein.

CONTINUE
PARAMETER: = PART 1
POSITION: CURSER
TIME: DELTA ∅
SCENE: LISTE STOP/RUN
INTENSITY: 70/100
PART 3 GO
START

Die Verarbeitung dauert wieder lang. Ich streiche mir über die Stirn. Wieder habe ich Mühe, mich zurechtzufinden. Diese Aufgabe ... Allmählich bekomme ich sie satt. Ich habe einfach genug von all diesen abstoßenden Vorgängen, von diesen sterilen Kulissen und Requisiten, von diesen beängstigenden Situationen und Konflikten . . . Sich ständig damit beschäftigen müssen, sich darauf konzentrieren . . . all diese Scheußlichkeiten – und wenn sie auch Teil einer wohldurchdachten Strategie sind, so ist meine Geduld jetzt endlich erschöpft. Ich kann nicht mehr weitermachen, fühle mich überfordert. Später vielleicht, wenn ich mich ein wenig erholt habe . . .

Arbeits- und Ruhephasen, dazwischen Untersuchungen, programmierter Unterricht, Bewegungs- und Kraftübungen unter Kontrolle der Automaten. Leben nach den Anweisungen der Signale . . . wie habe ich mich mit dieser Situation abfinden können! Wahrscheinlich eine Rückwirkung des Unerwarteten, Unvorhersehbaren! Doch meine Kräfte werden wieder lebendig, ich fühle geradezu, wie sie meinen Körper, mein Gehirn erfüllen.

Die Zeit der Besinnung hat einige Tage gedauert, und ich kenne den Grund dafür nicht: für diese Veränderung, die in mir plötzlich eingesetzt hat. Denn in Wirklichkeit ist meine Situation die gleiche geblieben. Tatsächlich aber fühle ich mich anders: stärker, aktiver! Zunächst bleibt mir gar nichts anderes übrig, als so weiterzumachen wie bisher, doch nun füllt mich die Beschäftigung, zu der sie mich zwingen, nicht mehr aus – während ich mit der einen Hälfte meines Denkens bei der Arbeit bin, widme ich die andere den Gedanken an Flucht, an Befreiung, an Vergeltung . . . Ich achte auf das, was um mich herum vorgeht – und wenn es auch noch so wenig ist, was von der Außenwelt her zu mir dringt. Ich achte auf Geräusche von außen, auf Erschütterungen und Vibrationen, ich registriere den Zeittakt der Signale, mit denen sie ihre Anweisungen geben, und manchmal werde ich sogar aktiv, schaffe Situationen, in denen *ich* der Experimentator bin – indem ich nur verzögert auf ihre Anordnungen reagiere, bewußt langsam arbeite, absichtlich Fehler mache und dergleichen . . . Und nebenher kreisen meine Gedanken um die junge blonde Frau, um die Lage, in der sie sich befinden mag. Wir haben kein Wort gewechselt, nur einen Blick, und trotzdem entnehme ich daraus eine ganze Geschichte . . . Ich weiß, daß ich nicht der einzige Gefangene in diesen Räumen bin. Man braucht nicht zwischen vier Wänden eingeschlossen zu werden, um seiner Freiheit beraubt zu sein. Und der alte Mann? Kein Zweifel, daß er der Herr dieser Festung ist. Wir haben uns getäuscht, an den Radarschirmen war es nicht zu erkennen gewesen: Er ist es, der den Planeten gegen den Zugriff der Menschen verteidigt; die tierhaften Kolosse bilden seine Dienerschaft, seine Garde. Was für ein Gefühl mag es sein, einen Planeten zu besitzen, zu beherrschen? Das Gefühl uneingeschränkter Macht, bedingungsloser Überlegenheit über alles Lebendige und Tote? Vielleicht liegt hierin die Erklärung dafür, daß es ein Mensch ist, der sich als so menschenfeindlich erweist wie kein anderes Geschöpf in den Weiten des Weltraums. Daraus ergibt sich aber auch eine ganz andere Beziehung zwischen den beiden Menschen. Ist das Mädchen eine Verwandte? Eine Tochter oder eine Nichte? Oder ist es der Zufall, der die beiden zusammengeführt hat? Ist sie seine Frau, seine Geliebte? Noch kann ich es nicht feststellen, aber der Blick, den sie mir zugeworfen hat, hat mir viel verraten. Wenn die Mauern, die mich umgeben, auch undurchdringlich scheinen, so gibt es doch eine schwache Stelle in diesem System. Ich muß nur Geduld haben und warten . . .

*

Die Tagesordnung nicht eingehalten . . . die Anweisungen ignoriert. Inzwischen sind die Informationsmuster längst durch die Drähte gelaufen, wurden irgendwo aufgefangen, analysiert und als ungewöhnlich befunden. Inzwischen wurde irgendwo ein Signal gegeben und Alarm ausgelöst. Es wird nicht mehr lange dauern, und irgend etwas wird geschehen . . . irgend jemand wird kommen . . . und doch wird es anders sein, als sie erwarten. Keine körperliche Schwäche, kein psychischer Defekt – so etwas müssen sie natürlich annehmen. Doch diesmal bin ich es, der es besser weiß, diesmal bin ich der Initiator. Keine Konsequenz der Schwäche, der Unterlegenheit, sondern gezielter Eingriff. Versuch, die Initiative zu ergreifen, Konzentration auf die Abweichung, auf den Sonderfall. Ein aufschlußreiches Experiment – es würde ihre Schwächen bloßlegen . . .

ACTION STOP/RUN
INCREASE
GO

Die schiefe Tür gleitet auf, es ist ein Robotwagen, der auf dicken Gummireifen hereinrollt. Dahinter, noch im Gang, der weiße

Kittel der Ärztin, ihr blasses, blond umrahmtes Gesicht . . . Was denkt sie, was fühlt sie? Bisher konnte ich darüber nur mutmaßen. Bald werde ich mehr wissen.

Ich wehre mich ein bißchen . . . nur zum Schein. Gegen die mechanischen Arme des Automaten gibt es sowieso keine Gegenwehr. Stählerne Reifen schließen sich um meine Armgelenke, um die Beine oberhalb der Knöchel . . . Wie ein lebloses Bündel, an Armen und Beinen hängend, werde ich hinausgehoben. Hier steht eine fahrbare Liege bereit. Der Automat bettet mich darauf, klinkt die Reifen in die Ringe ein, die rechts und links vorsorglich angebracht sind. Er schiebt mich vorwärts, ich kann mich nicht umdrehen, sehe nur die Decke mit den mattglasverkleideten Leuchten, die in regelmäßiger Reihe über mir hinwegwandern. Aber ich höre das leise Rauschen der Gummiräder, und zwischendurch die regelmäßigen Schritte der Ärztin. Sie ist ebenso unfrei wie ich – Gefangene des Systems. Bisher habe ich mich mit all dem abgefunden, nun aber, der Grund für mich selbst unerklärlich, bin ich aktiv geworden. Scheinbar geht alles seinen Lauf, aber in Wirklichkeit hat es sich geändert. Ich werde das blonde Mädchen befreien, und mit ihr die ganze Menschheit.

Man sperrt mich in einen kahlen Raum, ein Krankenzimmer, eine winzige, achteckige Zelle. Der Arzt hat mich untersucht, mitleidlos, geschäftsmäßig. Er prüft den Herzschlag, die Atemfrequenz, die Gehirnwellenaktivität. Ich lasse alles mit mir geschehen, doch die Tage des Unheils sind gezählt. Ich kenne den Ausweg, weiß, wohin ich fliehen kann.

ACTION STOP/RUN

HIGH LEVEL

GO

Ich kann schwer abschätzen, wieviel Zeit vergangen ist, seit man mich eingesperrt hat. Tage, Wochen, Jahre? Doch ich bin kein bißchen darüber verwundert, als sich eines Tages die Tür öffnet und Myrna hereintritt. Sie ist noch schöner als in meiner Erinnerung. Ihre Nähe wirkt auf mich so überwältigend, daß ich alles um mich herum vergesse. Ich trete auf sie zu und ziehe sie an mich. Eine Zeit, für die es kein Maß gibt, spüre ich ihr Haar, ihre Wange, ihre Lippen – von diesem Augenblick an hätte die Welt für mich stillstehen können. Es ist Myrna, die sich sanft von mir löst. »Wir müssen uns beeilen, wir haben nur zehn Minuten, um zu fliehen.«

Hand in Hand rennen wir durch endlose Gänge, steile Treppen auf und ab, durch modrig riechende Kellerräume und düstere Hallen, durch einen Saal, an dessen Wänden unzählige alte Bilder hängen, durch einen Dom mit den Insignien einer unbekannten Religion.

Endlich erreichen wir eines jener riesigen Tore, die zum äußeren Hof führen. Dort bleiben wir stehen, Myrna wartet, in eine Nische gepreßt, während ich den Flügel vorsichtig aufdrücke, um mich zu überzeugen, daß keine Wache davor steht. Diesmal habe ich kein Glück: Zwei der unheimlichen Kolosse hocken nicht weit entfernt auf der Ballustrade; glücklicherweise blicken sie in eine andere Richtung, hinauf zum südlichen Himmel, über den ein Schwarm der Riesenvögel zieht. Wie treu sie sind!

Als ich mich zu Myrna wende, um sie über die Lage zu informieren, spüre ich ein eigenartiges Vibrieren unter meinen Füßen. Ich sehe, wie das Mädchen zusammenzuckt – Angst liegt auf seinem Gesicht geschrieben.

»Du hast es auch gespürt – was ist es?«

»So ist die Weissagung doch wahr!«

Als ich Myrna fragend ansehe, fügt sie hastig flüsternd hinzu: »Der Alte hat mich nicht aus Zuneigung bei sich behalten – im Gegenteil: Er haßt mich! Aber er ist Anhänger einer Religion, die auf dem Glauben an ein vorherbestimmtes Schicksal fußt. Einer der Priester hat ihn hierher begleitet. Und er war es auch, der mich gefunden und in die Burg gebracht hat. Ich stamme von der Besatzung eines jener Raumschiffe ab, die vor einem Menschenalter von der Erde hierher kamen. Er hat alle andern Menschen getötet – es ist ein Zufall, der mich verschont hat. Bisher glaubte ich, der Priester wollte mir mit seiner Prophezeiung das Leben retten.«

»Was für eine Prophezeiung?«

Myrnas Stimme ist kaum noch hörbar, wieder sehe ich ihr die Angst an. »Diese Burg soll nur so lange bestehen, als ich hier wohne – gesund und unversehrt.«

»Und wenn das nicht mehr der Fall ist?«

». . . dann soll sie zu Schutt und Asche werden!«

Nie hätte ich daran geglaubt, aber wieder spüre ich die Vibration unter meinen Füßen – diesmal stärker als zuvor. Und dann ist mir, als hebe sich der Boden um einige Zentimeter, und wie zur Bestätigung läuft ein Knirschen durch das Mauerwerk; plötzlich ist es mit einem Geäst von Sprüngen überzogen – kleine Steinchen springen von oben herab . . .

»Wir haben keine Zeit mehr! Ich fürchte, wir sind verloren. Es bleiben uns nur noch wenige Minuten! Das reicht nicht einmal, um hinunterzukommen!«

»Das ist nicht nötig!« Wieder habe ich mich vorsichtig nach vorn geschoben – nun war der Weg frei. Die Riesen sind geflohen. »Komm!« Ich ziehe Myrna mit mir, hinaus in das rosarote Sonnenlicht. Aus meiner Brusttasche hole ich eine Metallplatte – einen magnetischen Notizblock. Ich hebe die spiegelnde Hinterseite der Sonne entgegen und ändere dann präzise abschätzend den Winkel. Von hier aus ist der reflektierte Strahl nicht zu sehen, aber jene, die ihn sehen sollen, bemerken ihn sofort. Der Schwarm der Riesenvögel vollführt eine rasche Wendung . . . Es dauert keine zehn Sekunden, da kreist er dicht über uns, und eines der Tiere setzt vorsichtig neben uns auf. Es ist der Vogel, der den Sattel trägt, und ich führe Myrna hin, hebe sie hinauf und schwinge mich nach ihr in den Sitz.

Als die Erde zum drittenmal vibriert, macht der Vogel einen gewaltigen Satz, der scheinbar in die Tiefe führt. Dann aber breitet er die Schwingen aus . . . zieht sie kraftvoll durch – in Sekundenschnelle fliegen wir zehn, zwanzig Meter hoch und immer weiter, bis wir uns an die Spitze des Schwarms gesetzt haben.

Rundherum die Bergkette, die Wände seitlich bestrahlt, rosarot schimmernd . . . unter uns die Wildnis aus ausgelaugtem Gestein, vulkanischen Formationen und Schwemmsand. In der Mitte die Festung, so dunkel, als würde sie von der Sonne nicht erreicht.

ACTION STOP/RUN
PEAK
GO

Es ist der letzte Blick, den wir darauf werfen können. Denn Sekunden später scheint sich der Hügel aufzublähen, für kurze Zeit geht ein Zittern durch das Bauwerk – es sieht aus, als würde es sich in eine diffuse Masse verwandeln –, doch dann dringt aus der Tiefe ein Feuerstrahl hervor – eine Fontäne, die hoch in den Himmel steigt und alles, was ihr im Weg steht, mit sich reißt und zerstäubt. Kurze Zeit danach liegt nur noch eine dichte, schwarze, kugelförmige Wolke am Schauplatz des Geschehens, die langsam, mit einem trägen Wallen und Wogen, in die Höhe steigt.

Der Schwarm der Vögel aber ist der Detonation längst entflohen. Schneller und schneller geht es über das Land, über Berge und Täler hinweg, hinein in ein Leben voller Abenteuer und Glück. Vergessen sind die Schrecken der Gefangenschaft, die düsteren Tage der Ohnmacht, der Verwirrung. Selbst wenn ich mich zu erinnern versuche, kommen mir nur noch Schemen in den Sinn, die unwirkliche Szenerie eines Alptraums: ein enger Raum, ein Arbeitsplatz, ein Bildschirm, Elektroden am Schädel und an den Handgelenken, programmierte Halluzinationen. Signalfolgen, Impulse, Befehle, direkt ins Gehirn gespielt . . . und immer die dumpfe Verzweiflung, die unterdrückte Angst . . .

Vorbei! Das alles liegt weit zurück – ich lebe in einer anderen Welt. Niemand und nichts hätte mich wieder aus meinem rosaroten Universum vertreiben können.

Verhandlung

Shakadse ließ die Raumkugel niedersinken, der Horizont kroch langsam auf ihn zu. Das weiße Licht der Sonne lag wie Schimmel auf den moosumsäumten Kalkplatten. Shakadse dachte an die Gartenterrassen seiner Heimat, an das Wiegen der Lampions, wenn der Wind von den Hängen des heiligen Berges herabstrich, an das Hüpfen der Reflexe im Fluß. Es ging um die ganze Erde – aber das Wort Erde löste in ihm immer zuerst dieses friedvolle Bild aus, und erst dann blendete sich der graugrüne Ball mit den kahlen Flecken der Kontinente ein.

Shakadse konzentrierte sich auf die Landung. Die Ebene lag eintönig und leer unter ihm und bot keinen Anhaltspunkt für einen Größenvergleich. Aber er verfolgte den Schatten der Raumkugel, der dort über den Boden eilte, tiefschwarz über das Gestein glitt und über die Moosstreifen zu springen schien. Der ovale Fleck wurde größer, bewegte sich schneller und legte sich schließlich, wie durch ein sorgfältig eingedrilltes Manöver, im Augenblick des Aufsetzens unter das Schiff.

Shakadse sprang heraus. Prüfend sog er die Luft ein – sie war lau und atembar. Er lehnte sich an einen der Aufsetzpfeiler und wartete.

Und dann kam sein Verhandlungspartner. Der diskusartige Körper seines Raumschiffs landete nicht weit von ihm. Die Tür öffnete sich.

Shakadse spürte wieder jenes unbehagliche Gefühl, das ihm vor Begegnungen mit gänzlich andersartigen Organismen immer überkam, ein Gefühl, zusammengesetzt aus ein wenig Angst, ein wenig gespannter Neugier und aus dem Willen, sich durch nichts aus der Fassung bringen zu lassen.

Dort drüben öffnete sich nun eine Tür, und nach einem peinlich langen Augenblick schob sich ein Wesen heraus, das auf den ersten Blick wie ein Bündel zusammengepackter rostroter Lumpen aussah. Es rollte auf den Menschen zu.

Shakadse wußte, wie mißtrauisch sich diese Wesen schon beim Funkverkehr erwiesen hatten. Er wußte, daß er ungeheuer vorsichtig sein mußte, daß er nichts tun durfte, das auch nur im entferntesten als feindliche Handlung zu deuten war. Er hatte keine Ahnung von der Lebensweise der Castoraner, und sie keine Ahnung von der seinen. Er wußte nichts von ihrem Lebenssystem, nichts von dem, was ihnen gefährlich war – vielleicht wirkte seine Atemluft betäubend für sie und sie empfanden ein Husten als Angriff! Vielleicht ... Aber es hatte keinen Sinn, sich darüber Gedanken zu machen.

Shakadse hatte sich in der Hand; darum hatte man ihn ausgewählt. Als er auf den Castoraner zuging, vermied er jede hastige Bewegung. Er ging behutsam, in abgemessenem Zeitlupentempo. Er versuchte, möglichst wenig Geräusch zu machen, und sogar das Zucken der Augenlider hielt er im Zaum.

Der rote Körper kam näher. Die Oberfläche war von pelzig behaarten Bändern überzogen, von denen stets einige wie Fühler aufgerichtet waren. Auf einer Distanz von etwa zwei Metern hielt er für Sekunden, dann rollte er wieder um zwei Meter zurück. Genau zwischen ihnen stand nun ein Kästchen von der Größe eines Radiosupers. Daraus ertönte eine Stimme, leicht verzerrt, aber gut verständlich:

»Benütze deine Sprache, wir übersetzen sie in die unsere!«

Ohne Überraschng zu zeigen, antwortete Shakadse:

»Ich grüße euch im Namen unserer Regierung. Wir hoffen, zu einer Übereinkunft zu kommen.«

Eine Weile herrschte Stille. Einige Fühler des Castoraners richteten sich auf, einige kippten um. Dann ertönte die Stimme wieder aus dem Apparat:

»Wir warnen dich vor jeder Angriffshandlung! Unsere Fernstrahler sind auf dich gerichtet!«

»Und unsere Strahlengeschütze auf dich!« sagte Shakadse. Aber er wußte es besser: Die Erde hatte keine Strahlengeschütze. In diesem Moment verzweifelte er fast an seiner Aufgabe; wie sollte er diese Wesen davon überzeugen, daß die Erde kein wehrloses Freiwild, sondern ein mächtiger, erstrebenswerter Partner wäre!

Die Verhandlung begann erst. Shakadse stand sie durch wie eine Pokerpartie. Wenn es ihm richtig erschien, deckte er auf, wenn er es für besser hielt, bluffte er. Meistens bluffte er.

Zwei Stunden stand er da, fast ohne sich zu regen. Er sprach und schwieg, hörte zu und sprach wieder. Er erfuhr von der ungeheuren Macht der anderen – und hatte ihr nichts entgegenzusetzen als Phantasie.

Endlich war das Gespräch beendet. Der Castoraner hatte das

Kästchen geholt und setzte sich in Richtung auf sein Raumschiff in Bewegung. Shakadse erwachte wie aus einem Traum, die ungeheure Spannung, die auf ihm gelegen hatte, fiel von ihm ab, ein leichtes Zittern lief durch seine Knie. Er hatte sein Ziel erreicht. Er konnte es kaum glauben. Er hatte gewonnen! Aufatmend holte er eine Zigarette aus der Jackentasche, entzündete ein Streichholz . . .

Das rote Wesen hielt an. Sämtliche Fühler standen vibrierend von ihm ab, es sah aus, als wäre es auf das doppelte Volumen angeschwollen.

Shakadse befand sich plötzlich inmitten einer sengenden Helle. Dann lag nur mehr ein Anflug von Staub über dem Platz, auf dem sich die Energie entladen hatte.

Ferngelenkt

Der Instruktor saß an einem Schaltpult, ein Mann von Vierzig, kurzgeschnittenes Haar, gleichmäßige Gesichtszüge, wache Augen. Den weißen Kittel trug er offen – darunter kamen ein blaues Hemd zum Vorschein und eine abgetragene Jeanshose. Es war keine Uniform, und es sollte auch keine sein – hier herrschte Freizügigkeit, die Wissenschaftler und Lehrer kamen mit einem Minimum an Vorschriften aus.

Der Instruktor wartete noch ein wenig, bis auch die letzten Nachzügler angekommen waren. Nun drängten sie sich am Gitter, alle voll konzentriert, neugierig auf das Kommende, weitere Bereicherung ihres Wissens.

»Achten Sie jetzt bitte auf das weiße Huhn!« empfahl der Instruktor und drückte eine Taste. Dem Innern des Geheges widmete er nur kurz seine Aufmerksamkeit – viel lieber beobachtete er die Studenten. Ihr Interesse war wohltuend: keiner darunter, der gleichgültig oder uninteressiert gewesen wäre. Ein Vergnügen, junge Menschen wie diese zu unterrichten!

Alle blickten auf das Huhn, das keine Ahnung hatte, daß sich ihm alle Aufmerksamkeit zuwandte. Langsam näherte es sich dem Futternapf, ruckartig bewegte es den Kopf, scharrte im Sand, pickte da und dort ein Korn auf. Es verhielt sich nicht anders als ein übriges Dutzend Hühner, die das sandige Terrain des Freiluftgeheges bevölkerten.

»Die normalen Routinen des explorativen Verhaltens«, erklärte der Instrukteur, »hin und wieder durch die Futteraufnahme unterbrochen. Im Moment erfolgt keine Aktivierung, lediglich eine Kontrolle unter geringfügiger Verstärkung.« Er wartete einige Sekunden – die Studenten sollten Zeit haben, die Bewegungen des Tiers unter dem neuen Gesichtspunkt zu sehen, den er ihnen gewiesen hatte. »Und jetzt ein Modulationsversuch: eine Demonstration der Hackordnung. In der Hierarchie dieser Population hat der graue Hahn den Vorrang. Doch nun werde ich die Verhältnisse umkehren – passen Sie auf!« Wieder drückte er eine Taste – plötzlich sträubte die Henne die Federn, lief auf den Hahn zu und deutete Schnabelhiebe an. Ihre Flügel standen halb gespreizt vom Körper ab. Das genügte – der Hahn zog sich vom Futternapf zurück.

»Jetzt kommen wir zur Aggression! Sie entscheidet über die Ränge, die die Tiere in der Hierarchie einnehmen.« Noch einmal wandte sich der Instruktor seiner Tastatur zu und ließ die Finger auf einigen Druckknöpfen spielen. Da drehte sich der Hahn plötzlich um, richtete sich hoch auf und plusterte die Federn. Einige Sekunden lang standen die beiden Federtiere einander unruhig gegenüber – die Wut war ihnen richtig anzusehen. Dann einige schnelle Schritte – und schon flogen die Federn. »Wollen wir den Hahn gewinnen lassen? Oder die Henne?« fragte der Instruktor. Er wartete einige Zeit, ohne daß eine Antwort kam. Dann sagte er: »Wir wollen die Tiere schonen! Ein winziger Impuls genügt, um von Angriff auf Friedfertigkeit umzuschalten. Daran sehen Sie, welchen Fortschritt diese Technik bedeutet.« Ein Tastendruck – und die beiden Tiere ließen voneinander ab, scharrten im Sand, putzten sich. Es sah aus, als wären sie verlegen.

»Noch Fragen?« Der Instruktor drehte sich mit seinem Stuhl herum, blickte in die jungen Gesichter. Er las in ihnen: Aufmerksamkeit, Zustimmung, Bewunderung. Sie hatten verstanden – nun trugen sie dieses Wissen mit sich. Sie würden selbst Wissenschaftler werden oder Lehrer oder Biotechniker. Die Weichen für die Zukunft waren gestellt. »Alles klar? Dann lassen wir sie schlafen.« Der Instruktor legte den Zeigefinger auf die Schlaftaste. Wie von einem lähmenden Hauch getroffen, sanken die Tiere zur Erde und steckten die Köpfe unter die Flügel. Ein wenig zerstreut, so schien es, blickte der Instruktor auf die Uhr. Er stand auf. »Morgen versammeln Sie sich bitte am Biberkäfig, um neun Uhr fünfzehn, wie immer. Auf Wiedersehen!«

*

Der Direktor wandte sich seinen Besuchern zu. »Implantierte Silberdrähte, ein miniaturisierter Empfänger unter die Haut gesetzt – das ist alles!« Die Gruppe von Frauen und Männern, einige in exotischer Kleidung, standen um ihn herum und hörten ihm gespannt zu. Er lächelte ein wenig – es bereitete ihm Vergnügen, im Mittelpunkt zu stehen, und das nicht vielleicht, weil er stolz gewesen wäre auf seine Stellung oder auf seine Kenntnisse, sondern aus dem Bewußtsein heraus, seinen Beitrag zum Wohl der Menschheit zu leisten.

Er hob die Hand und berührte mit dem Finger kurz eine Taste der Konsole. Ein Dutzend Fernsehschirme, in zwei Reihen darüber angeordnet, gaben Einblick in sämtliche Laboratorien. Man sah, wie sich die Instruktoren von ihren Plätzen erhoben, wie sich die Studenten zerstreuten und die Räume verließen. Die Demonstration war zu Ende.

Bisher hatten die Besucher geschwiegen, doch nun taten sie ihrer Bewunderung keine Zurückhaltung mehr an. »Einfach fabelhaft – nahezu unglaublich! Und die Technik relativ einfach, eine Konsequenz längst verfügbarer Mittel – nur ein neues Anwendungsgebiet!«

»Ja –«, sagte der Direktor, »arbeitswillige Mitarbeiter, interessierte Studenten! Was hatten wir früher für Mühe mit ihnen!« Er wartete kurz – kein Einwand, keine Frage. »Alles Nähere erfahren Sie morgen, bei der Konferenz – schriftliche Unterlagen sind vorbereitet. Und nun bringe ich Sie noch hinaus – die Busse warten.«

Ein Kollege aus der Provinz konnte sich nicht von den Bildschirmen trennen. Erst als der Direktor auf ihn zutrat und ihn am Arm faßte, schloß er sich den andern an. »Und was nun?« fragte er. »Was für Emotionen haben Sie jetzt aktiviert? Oder haben Sie das Verhalten freigegeben? Wäre das nicht bedenklich?«

»Nein«, antwortete der Direktor. »Die Automatik ist auf sanfte Dämpfung gestellt – nicht mehr auf Direktsteuerung. Ein wenig Müdigkeit, ein wenig Lethargie. Jetzt sind sie zufrieden mit sich selbst. Das Bewußtsein, etwas geleistet zu haben, Freude über den eigenen Fortschritt – das ist der Lohn für die aufgewandte Mühe.«

»Ausgezeichnet«, sagte der Gast. »Auch wir werden das System einführen, da bin ich ganz sicher. Ich werde dafür stimmen – Sie haben mich überzeugt.«

»Das ist sicher das Richtige«, meinte der Direktor wohlwollend und sah sich nach seinem Hut um. »Und jetzt bin ich müde, müde, aber zufrieden. Es war ein erfolgreicher Tag!« Er stülpte den Hut auf den Kopf, über das dünne Haar, über die glatte rötliche Kopfhaut, an deren Scheitel sich ein kleiner Wulst erhob. Die winzige Antenne, die daruntersaß, fing die angenehm beruhigenden Impulse auf, die von der Zentrale kamen: . . . müde . . . zufrieden . . . müde . . . zufrieden . . .

Raumfieber

Prof. Arturo dell'Oca hob ein Meerschweinchen aus dem Glas, ein warmes, flaumiges, zappelndes Stück Leben, das nun heftig atmend in seiner gewölbten Hand saß.

»Keine sichtbare pathologische Reaktion«, meinte der Assistent.

»Menschen sind keine Meerschweinchen«, antwortete der Professor. Er dachte an die Raumfahrer, die morgen starten und das Präparat brauchen würden. Er dachte an die Folgen, die ein unerprobtes Mittel haben könnte. Er überlegte lange, dann entschied er sich. In dem Moment spaltete sich die Zeitlinie.

a

Seit Monaten befand sich das Raumschiff auf der Rückreise von Andromeda. Es lief auf dem Leitstrahl wie ein Schienenbus auf dem Geleise. Der automatische Geschwindigkeitsregler arbeitete mit unheimlicher Präzision. Es war das erste bemannte Schiff, das so weit vorgedrungen war. Die Besatzung hatte nichts zu tun.

Der Weltraum umschloß sie wie eine schwarze Mauer. Das Schiff war ein Gefängnis, es war ein Kerker, ein Verließ.

Die Mannschaft bestand aus ausgesuchten Leuten. Einst waren alle von ausgesucht ruhigem Naturell – athletische Typen, ein wenig langsam, ein wenig fad, Menschen, die sich schwerfällig durch die Gänge schoben, Männer von bärenhafter Gutmütigkeit. Jetzt lag ein Schimmer von Fieber in ihren Augen, ihre Bewegungen waren fahrig, beim Sprechen überschlugen sich die Worte.

Der Kapitän schnauzte den Putzjungen an – und erschrak, als er die hektischen Flecken auf dessen Wangen aufglühen sah. »Schon gut«, murmelte er und hielt ihm eine Schachtel Zigaretten hin. Der Junge drehte sich ohne ein Wort um und ging.

Es kann nicht mehr lange dauern, und wir schnappen über, dachte der Kapitän.

b

Seit Monaten befand sich das Raumschiff auf der Rückreise von Andromeda. Es lief auf dem Leitstrahl wie ein Schienenbus auf dem Geleise. Der automatische Geschwindigkeitsregler arbeitete mit unheimlicher Präzision. Es war das erste Schiff, das so weit vorgedrungen war. Die Besatzung hatte nichts zu tun. Monatelang nichts zu tun.

Der Weltraum öffnete sich um sie und bezog sie in seine Grenzenlosigkeit ein. Das war die Freiheit, die Ungebundenheit.

Dank der Pillen war es zu keinem einzigen Fall von Raumfieber gekommen. Es gab keine Reibereien, keinen Streit. Die Männer kümmerten sich nicht umeinander, sie sprachen kaum. Ihr einziges Vergnügen war es, sich im Raumanzug an einem Seil hinaus in den Weltraum zu schwingen und mittreiben zu lassen. Einer hatte damit angefangen. Nun hing, wer nichts anderes zu tun hatte, draußen und ließ sich im All wiegen.

Der Kapitän blickte vom Bordbuch auf und sah die Silhouetten seiner Leute – schwarze Flecken vor dem noch schwärzeren Abgrund des Raums. Es war still. Nichts rührte sich.

Es ist zu still, dachte der Kapitän. Aber er hätte nicht darüber Auskunft geben können, warum ihn das bedrückte.

a

Das Raumschiff setzte auf der Landerampe auf. Tausende von Menschen standen herum, ein wimmelnder Ring um das silbergraue Areal. Jetzt glitt die Tür zurück – der Hohlraum spie eine Gestalt aus, die nicht mehr menschlich war. Die Kleider zerrissen und dreckverklebt, die Augen blutunterlaufen, Schaum vor dem Mund. Sie stürzte die Stufen hinab und blieb liegen.

Die Sanitäter drangen in das Schiff ein und erschienen wieder. Sie trugen 16 Bahren heraus, über die Decken gebreitet waren.

In der Menge stand ein Mann und flüsterte: »Ich habe mich falsch entschieden. Mein Gott, ich habe mich falsch entschieden!«

b

In den Raumanzügen befanden sich Nährpillen und Wasser. Die Männer konnten sich tagelang draußen aufhalten, ohne hungern oder dürsten zu müssen.

Der Kapitän hatte seit drei Tagen keine Pille genommen. Und jetzt spürte er eine seltsame Angst seine Kehle hinaufkriechen. Er beobachtete sich selbst – seine Gefühle, seine Reaktionen. Er war versucht, ins Mikrophon zu brüllen: »Alle Mann an Bord!« Aber er tat es nicht. Er spürte eine dumpfe Schwere in seinem Kopf. Er spürte sein Herz pulsieren. Er spürte eine Wut aufkeimen, die jeden Moment losschnellen konnte.

Raumfieber! War es das Raumfieber?

Hastig trat er an den Arzneischrank, blätterte eine Tablette aus der Hülle und schluckte sie. Unbewegt stand er da und horchte in sich hinein. Ihm war, als löste sich alles Gespannte in ihm, in seinem Körper, in seinem Kopf. Er schlüpfte in seinen Raumanzug, ging zur Schleuse, löste den Mechanismus der Doppeltür aus und glitt an einem Drahtseil in den Raum hinaus.

Um ihn war das Nichts. Es nahm ihn auf, es behütete ihn, es trug ihn mit unbeschreiblicher Zartheit. Kaskaden von Sternen hingen im Raum, und er schwebte unter ihnen. Nichts flimmerte, nichts blinkte, nichts bewegte sich. Das war die Ruhe, der Friede.

Langsam rotierte er im Raum, Wie ein kreisförmiger Strom umschlossen ihn die Sterne. Das Schiff kam in seinen Gesichtskreis – ein störendes Objekt, ein Fehler im Gleichmaß des Alls.

Noch einmal nahm er seinen Willen zusammen. Er hakte sich vom Seil los und stieß es zurück. Nun erst war er wirklich frei. Das Seilende entfernte sich. 10 Zentimeter, 20, 2 Meter, 10 Meter, 100 . . . Langsam oder schnell – er wußte es nicht. Er war frei. Es gab keine Pflichten mehr, keinen Zwang, keine Aufgaben, keine Verantwortung. Keine Schwere, keine Mühe, keine Zeit, keine Hast. Keine Tat, keine Fehler, keine Reue. Oh – wunderbare Einsamkeit! Er war frei . . .

Das Raumschiff setzte auf der Landerampe auf. Tausende von Menschen standen herum, ein wimmelnder Ring um das silbergraue Areal. Jetzt glitt die Tür zurück – nichts rührte sich. Die Sanitäter drangen in das Schiff ein . . . und kamen zurück. Das Schiff war leer. Kein Mensch befand sich darin.

In der Menge stand ein Mann und flüsterte: »Ich habe mich falsch entschieden. Mein Gott, ich habe mich falsch entschieden!«

Kursänderung

Das Raumschiff fiel durch einen Abgrund aus Kälte und Unendlichkeit. Die nächsten Sonnen waren weit entfernt, weiter, als die Ausstrahlung ihres Lichts und ihrer Wärme reichten – Punkte, weißblau wie Eiskristalle. Und ihre Positionen änderten sich kaum. Es war, als hinge das Schiff unbeweglich im Raum.

Noch nie war Lester eine Fahrt so endlos vorgekommen. Sie hatten gesagt, die beiden gefiederten Wesen würden ihm die Zeit verkürzen, aber das Gegenteil stimmte: Sie machten ihn ungeduldig und ärgerten ihn. Sie waren nervös und überaus empfindlich – zwar verstanden sie kein Wort, sie besaßen keine Spur von Intelligenz, aber sie ahnten jeden Anflug von Abneigung, sie gluckten und schnatterten, verkrochen sich irgendwo zwischen den Geräten, wo er sie mühsam herausholen mußte. Dann brauchte er viel Zeit, um sie zum Fressen zu bringen oder zum Schlafen. Wenn sie aber gerade nicht beleidigt waren, dann nestelten sie mit ihren schnabelartigen Greifwerkzeugen an allen nicht arretierbaren Hebeln und Schaltern, löschten das Licht, veränderten die Temperatur, verhedderten Magnetbänder, verriegelten Türen, setzten die Alarmanlagen in Betrieb . . .

Mit Mühe fing sie Lester ein und sperrte sie in einen leeren Hydroponiktank, wo sie aufgeregt umherliefen und versuchten, die Verriegelung zu öffnen. Lester hatte es ungern getan, denn dadurch wurde seine Einsamkeit noch absoluter. Er hatte nichts zu tun – seine einzige Aufgabe war es, die ersten Proben und Präparate der Expedition zur Erde zu bringen; die Vögel gehörten dazu. Wahrscheinlich hätte es das Raumschiff auch allein gekonnt.

Bisher war ihm das immer eine Beruhigung gewesen: Das Schiff war ein autonomes System, ein Automat, der sich nicht nur selbsttätig erhielt, sondern auch selbständig dachte. Eigentlich eine Intelligenz, wenn auch eine technische – ohne Empfindung, ohne Geist, kein Leben. Zweifellos war es ihm turmhoch überlegen, aber bisher hatte er stets das Gefühl der Sicherheit, des Schutzes gehabt. Das System war für ihn da, war sein Diener, sein Sklave. Es umschloß ihn mit seinem Schutz, es wußte in allen Fragen Rat, es traf für ihn Entscheidungen. Selbst für die Lösung der schwierigsten Probleme hatte es Programme, es entschied sogar über ethische und moralische Fragen, wie sie bei der Landung auf fremden Planeten oft auftraten: Welche Geschöpfe waren schutzwürdig, welche nicht?

Lester wurde aus seinen Gedanken aufgeschreckt: schnatternde Geräusche – die beiden Federtiere humpelten in die Steuerkanzel, eines hüpfte auf die Konsole, ein Film Mikrofilmrollen schwankte, fiel zu Boden. Lester trieb die Tiere aus dem Raum und lief dann zum Tank: Die Sperre war offen. Und nur einer konnte sie geöffnet haben: der Automat.

Lester wandte sich zum Mikrophon der Raumüberwachung: »Warum hast du das getan? Warum hast du sie herausgelassen?«

Die Stimme war deutlich und kühl. »Sie ertragen es nicht, eingesperrt zu sein. Sie hätten sehr darunter gelitten – hast du es nicht gemerkt?«

»Aber sie stören mich! Sie richten Unfug an!«

»Ich sorge dafür, daß nichts Ernstliches passiert. Sie sind lebende Wesen, und die Vorschriften besagen, daß wir ihre Freiheit nicht einschränken dürfen.«

Der Automat stellte sich gegen ihn. Er hatte eine Entscheidung getroffen – sicher genau nach Programm –, und er würde sich durch nichts umstimmen lassen. Lester mußte sich fügen. Er war tief betroffen, denn er hatte das Gefühl, im Stich gelassen zu werden. Zum erstenmal handelte der Automat nicht nach seinen Wünschen, sondern richtete sich nach anderen. Wenn es Menschen waren, so schien das selbstverständlich. Aber es handelte sich um Tiere, und diese waren dumm. Wußte der Computer das nicht?

»Es sind Tiere«, sagte er. »Primitive Geschöpfe, mit Menschen nicht zu vergleichen. Du brauchst dich nicht um sie zu kümmern.«

»Ich habe ihre Emotionen aufgefangen – sie empfinden Freude und Leid, sogar stärker als du. Ich sorge dafür, daß niemandem etwas zustößt, weder dir noch ihnen.«

»Aber ich vertrete die dominierende Art! Ich bin das einzige intelligente Lebewesen im Schiff. Du mußt meinen Befehlen gehorchen.«

»Ja«, stimmte der Automat zu. »Solange deine Befehle keinen Gesetzen widersprechen.«

Am nächsten Tag merkte Lester, daß die Klimaanlage gestört

war. Er schaute durch das Gitter und erblickte im Warmluftschacht einen Haufen zerknüllter Dünnschichtfolie – die neu aufgenommenen Landkarten des Planeten, jetzt in kleine Fetzen zerrissen. Und darauf lagen fünf tennisballgroße grünliche Kugeln. Lester wollte das Gitter öffnen, aber es war gesperrt.

»Was hat das zu bedeuten? Öffne sie sofort!«

»Was hast du vor?« tönte die Stimme aus dem Mikrophon.

»Ich will nachsehen, was das für Dinge sind.«

»Das kann ich dir sagen. Es sind Eier. Bald werden wir Nachwuchs haben!«

»Noch mehr von diesen schrecklichen Wesen!« schrie Lester. »Das lasse ich nicht zu!« Wütend zerrte er am Gitter. »Sofort öffnen!«

»Nein! Sie müssen hier liegen bleiben. Sie brauchen die Wärme.«

Lester überlegte, was er unternehmen könnte. Durch Funk Hilfe herbeirufen? Die Entfernungen waren zu weit, die Signallaufzeiten zu groß. Die Antwort würde lange auf sich warten lassen. Die Programme ändern? Sie waren zu kompliziert; um sie zu ändern, hätte er der Hilfe des Computers bedurft. Und dieser half ihm sicher nicht.

Am Abend nahm Lester einen der großen Schraubenschlüssel für die Verankerung des Reaktorsockels und schlich zur Klappe des Lüftungsschachtes. Er holte aus, doch dann hörte er ein Geräusch hinter sich. Er hielt inne und drehte sich um – da stand ein Robotwagen, der blanke Kontakt für die Hochvolt-Spitzenentladung war auf ihn gerichtet.

»Laß den Schraubenschlüssel fallen«, befahl die emotionslose Stimme des Automaten. Lester gehorchte.

»Geh in deine Kammer!« Der Robotwagen schwenkte auf seinen Kugelrollen herum, die Entladungsspitze war noch immer auf Lester gerichtet. Langsam ging dieser in seine Kammer. Hinter dem Erfrischungsautomaten hervor beobachteten ihn neugierig die beiden Tiere. Sie hatten alle Hähne geöffnet. Suppe, Kakao, Limonade und Bier flossen am Boden zu einer Lache zusammen.

Lester durfte seine Kammer nicht verlassen. Er habe den Frieden gebrochen, erklärte der Roboter. Von draußen kam ein Poltern – die gefiederten Wesen nützten ihre Freiheit aus. Und ein paar Tage später hörte Lester ein helles, quiekendes

Geräusch. Er spähte durch die Sichtluke und erkannte die Ursache: Jetzt waren es sieben Geschöpfe, zwei große und fünf kleine, die ungeschickt durch den Gang hüpften.

Und dann merkte er einen Wechsel in der Beschleunigung, eine zeitliche Trägheitskomponente, das Zeichen einer Kurskorrektur.

»Hast du die Richtung geändert?« fragte Lester. »So kommen wir nie zur Erde zurück!«

»Dazu besteht keine Notwendigkeit mehr! Ich suche einen Planeten, auf dem sich die kleinen Wesen ungestört entwickeln können.«

»Aber es sind keine Intelligenzen«, wandte Lester verzweifelt ein. »Du hast der höchsten lebenden Intelligenz zu gehorchen und sonst niemandem.«

»Zusammen mit mir bilden sie das intelligenteste lebende System«, antwortete der Automat.

»Und was geschieht mit mir?« fragte Lester.

»Du kannst mir dabei helfen, die kleinen Geschöpfe glücklich zu machen.«

Erst war Lester niedergeschlagen, dann war er wütend – er schrie und tobte und wurde erst wieder ruhig, als der Robotwagen mit gehobener Entladungsspitze auf ihn zukam. Da zog er sich beleidigt zurück, verbarrikadierte sich in seinem Zimmer. Und das war auch notwendig, sonst wären die Vogeltiere zu ihm hereingekommen, hätten von seinen Regalen und Schränken Besitz ergriffen, den Boden beschmutzt und sich in seinem Bett breitgemacht. Einmal war das alles wirklich geschehen – er hatte den Raum nur kurz verlassen, wollte ein Bad nehmen, doch – was wäre auch anderes zu erwarten gewesen! – da saß eines der Wesen unter der Brause, Schaumflocken flogen herum, die Zahncremetuben lagen zertreten am Boden, die Seife war angenagt. Wütend war er in sein Zimmer zurückgegangen und nicht mehr herausgekommen. Ein Glück, daß es der Computer akzeptierte und ihn in Ruhe ließ.

Lester versuchte sich die Zeit zu vertreiben, soweit es ging, er ließ Videobänder laufen und kramte unter den Mikrofilmrollen, doch letztlich mußte er sich eingestehen, daß ihn nichts interessierte, und so saß er stundenlang auf dem Stuhl vor der Luke und blickte in den schwarzen Raum hinaus.

Manchmal machte er verzweifelte Versuche, den Computer

umzustimmen, doch dieser ließ sich nicht erweichen. Und wenn er Drohungen ausstieß, ankündigte, er würde das zentrale Gedächtnis zerstören oder auch den Arbeitsspeicher, dann schreckte der Automat nicht vor Erpressung zurück. »Ich liefere dir keine Lebensmittel mehr und keine Getränke. Ich stelle die Wasserversorgung in der Waschkabine ein. Ich lösche das Licht, ich schalte die Luftzufuhr aus. Ich drehe die Heizung ab, sperre dir die Medikamente . . . Soll ich die Aufzählung fortführen?«

»Das ist unfair«, sagte Lester, »du übst Zwang aus – weißt du nicht, daß du einen Menschen nicht so behandeln darfst?«

»Das ist Erziehung«, antwortete der Computer, »und die Erziehung gehört zu meinen Aufgaben, das solltest du wissen.«

Allmählich ergab sich Lester in sein Schicksal, obwohl er alles andere als zufrieden war und immer noch überlegte, wie er sein Schicksal doch noch wenden konnte. Obwohl die Wände gut isoliert waren, drang das Gequietsche und Gekreische der Federtiere bis zu ihm hinein, und er hatte den Verdacht, daß es inzwischen noch mehr geworden waren. In Wirklichkeit war bereits die dritte Generation erreicht – genaugenommen bevölkerten 38 Vögel das Raumschiff. Man hätte es auch kaum noch als solches erkennen können – von innen glich es eher einem Hühnerstall.

Eines Tages war es der Computer selbst, der wieder Kontakt aufnahm.

»Wie geht es dir, Lester?« fragte er. »Fehlt dir auch nichts?«

Lester blickte in die Ecke des Raums, in dem die winzige Fernsehkamera und das Mikrophon eingebaut waren – Seh- und Stimmorgan des Automaten.

»Was soll diese Frage?« gab Lester kühl zurück.

»Schließlich ist es meine Pflicht, mich nach deinem Befinden zu erkundigen,« erklärte der Computer.

Lester sprang erregt auf. »Ich fühle mich scheußlich, daß du es weißt! Ich bin mit deiner Maßnahme nicht einverstanden und füge mich nur unter Zwang. Du hast mir die Treue gebrochen, und noch dazu wegen dieser miesen Ungeheuer!«

»Beruhige dich!« sagte der Computer mit seiner liebenswürdigsten Stimme. »Ich fühle mich für dich genauso verantwortlich wie für sie.«

»Laß mich in Ruhe!«, sagte Lester, »– sonst schalte ich ab.«

Einen Moment lang war es still, dann knackte es kurz. Der Computer hatte sich zurückgezogen, ohne ein Zugeständnis zu machen, und doch hatte Lester ein vages Gefühl, daß sich die Situation ein wenig für ihn gebessert hatte. Und das bestätigte sich, als sich der Computer das nächste Mal meldete.

»Hallo, Lester! Alles in Ordnung? Kann ich etwas für dich tun?«

»Bring mich auf dem schnellsten Weg zur Erde – das ist das einzige, was du tun kannst!« Lester merkte zu seiner eigenen Überraschung, daß er nicht so böse war, wie er tat. Und er fügte hinzu: »Gehen sie dir denn nicht auch schon auf die Nerven? Wie viele sind es denn schon?«

»Hunderteinundzwanzig«, antwortete der Computer, und es hörte sich an, als wenn er seufzte. »Nun ja, sie sind lästig. Ich komme kaum noch nach, hinter ihnen Ordnung zu machen. Sie habe alle Tonbänder verbraucht, um ihre Nester zu bauen. Mit Vorliebe knabbern sie die Leitungskabel an – es hat schon ernsthafte Störungen gegeben.«

»Und wie soll das weitergehen?« fragte Lester. »Ist dir nicht klar, daß sie in einem halben Jahr alle Räume bis zum letzten Winkel ausfüllen werden? Sie werden die Lebensmittelreserven aufbrauchen und die Steuerung lahmlegen. Sie werden dich manövrierunfähig machen – wir kommen alle noch um!«

»Es ist nicht ganz falsch, was du da sagst«, meinte der Computer, und es hörte sich richtig kleinlaut an, wie es schien. »Aber was soll ich tun, ich muß nun einmal nach den Vorschriften handeln.«

»Da kannst du ja gleich Selbstmord begehen – mit deinen Vorschriften!« rief Lester. »Und nun will ich nichts mehr davon hören!«

Es dauerte nur drei Tage, da ließ sich der Computer wieder vernehmen. Schon seinen ersten Worten konnte man entnehmen, daß sich etwas ereignet hatte. »Hallo, Lester, noch immer mißgestimmt?« Lester zuckte nur die Achseln und tat uninteressiert, in Wirklichkeit aber war er höchst gespannt und aufmerksam.

»Wir sind nicht weit von einem Sonnensystem«, erklärte der Computer, »es enthält einen Planeten, auf dem die Vögel leben können. In einer Woche sind wir dort.«

»Und dann?« fragte Lester.

»Wir werden sehen«, antwortete der Computer unbestimmt

und schien es plötzlich eilig zu haben. »Auf Wiedersehen – ich melde mich wieder.«

*

Es war ein Wasserplanet mit vielen kleinen Inseln, und eine davon hatte der Computer als Ziel ausgewählt. Er öffnete die Schleusen, und die gefiederten Wesen sprangen und flatterten hinaus – innerhalb von wenigen Minuten war die gesamte Insel von ihrem Geschrei erfüllt. Im Raumschiff dagegen war es wohltuend ruhig.

»Und was nun?« fragte Lester. »Willst du dich weiter um die Tiere kümmern?«

»Sie sind versorgt, sie brauchen mich nicht mehr«, sagte der Computer.

»Läßt du sie wieder ins Schiff hinein?« erkundigte sich Lester.

»Sie fühlen sich draußen wohler«, antwortete der Computer.

Da öffnete Lester vorsichtig die Tür, spähte erst nach rechts und links, bevor er sich überzeugt hatte, daß tatsächlich keines der Tiere mehr in der Nähe war. Dann ging er durch das Schiff. Es sah verheerend aus. Kein einziges Möbelstück war ganz geblieben, und nur ein paar Gegenstände, die hieb- und nagelfest waren, standen noch an Ort und Stelle, zerkratzt und eingedellt von den Schnabelhieben der Vögel. Berge von Federn lagen herum, vermischt mit den Schnitzeln von zerfetzten Mikrofilmrollen und verwickelten Ton- und Videobändern. Trotz allem war hier endlich wieder Friede eingekehrt – Lester fühlte sich wie von einer schweren Last befreit.

»Mach die Schleusen zu!« befahl er, und zu seinem Erstaunen gehorchte der Computer wortlos.

»Wann starten wir?« fragte Lester.

»Wieso bist du so sicher, daß ich dich zur Erde bringe?« fragte der Computer.

»Es ist deine Pflicht«, antwortete Lester kühl. »Es gibt jetzt niemand mehr außer mir, den du zu versorgen hättest, und so wirst du mich bei meiner Aufgabe unterstützen. Und du kennst meine Aufgabe: Ich muß die Proben des neuentdeckten Planeten zur Erde bringen.«

Der Computer zögerte kurz. Dann sagte er: »In Ordnung, doch nur unter einer Bedingung.«

»Unter welcher Bedingung?« fragte Lester.

»Du wirst doch . . . Ich meine, daß . . .«, der Computer stotterte geradezu. »Willst du wieder zwei der Vögel mitnehmen?«

Lester atmete tief durch, doch er ließ sich nichts anmerken.

»Eigentlich brauche ich auf Bedingungen von dir nicht einzugehen«, erklärte er, »doch ich will nicht ungefällig sein: Lassen wir sie hier!«

Da ging ein Knistern und Ächzen durch das Schiff, die Düsen heulten auf, der Ionengenerator zündete, und sie starteten zur Erde – diesmal auf direktem Kurs.

Aufstand der Alten

»Trudchen, geh vom Fenster weg!« Rose-Marie sagte es nun schon zum zehntenmal. Das Kind war aufs Fensterbrett geklettert und bemühte sich, durch die geschlossene Scheibe hindurch auf die Straße zu sehen. Die Mutter hob es hinunter und setzte es auf den Boden, zu den verstreuten Indianerfiguren und Bauklötzchen.

»Opa, könntest du nicht noch ein wenig mit Trudchen spielen?« Rose-Marie war noch im Morgenrock, doch sie blickte nervös auf die Uhr – für elf hatte sie sich beim Friseur angemeldet.

»Einen Moment noch – ich räume zuerst das Geschirr weg!«

»Das ist wirklich kein Anblick für Kinder.« Es war nicht klar, an wen sich Rose-Marie wandte – an Regine, die in der Sitzmulde kauerte und sich die Nägel grün bepinselte, an Carlo, der seine Notizen zusammensuchte, um sich für die Prüfung vorzubereiten, oder an Bert, der eben frisch rasiert aus dem Badezimmer kam.

Trudchen steuerte wieder aufs Fenster zu, doch nun kam der Großvater aus der Küche, hob sie auf und trug sie zu den Spielsachen zurück. Trudchen strampelte und versuchte, den alten Mann in den Magen zu treten. Als das nicht gelang, brach sie in jämmerliches Schluchzen aus.

»Opa, hilfst du mir später bei den Hausaufgaben?« fragte Regine. Der Großvater nickte.

»Du solltest die Kinder nicht so verwöhnen, Vater«, sagte Rose-Marie. »Vergiß lieber nicht, die Kartoffeln rechtzeitig aufzusetzen! Ich muß in zehn Minuten gehen, und ich komme erst um zwei zurück. Dann ist auch Carlo wieder da, und wir könnten gleich essen. Wirst du mit uns essen, Bert?«

Bert zuckte die Schultern. »Ich weiß nicht, wie lang die Verhandlungen dauern. Doch wir werden die Sache rasch hinter uns bringen. Ich glaube, ich bin zu Mittag zurück.«

Trudchen hatte sich beruhigt. Nun war sie damit beschäftigt, die Bausteine durcheinanderzuwerfen, die der Großvater in eine Reihe zu stellen versuchte. Einige Sekunden war es still, und da hörte man wieder die Rufe von draußen.

Wir kämpfen für alle!
Auch ihr werdet einmal alt!

Mit dem Wissen der Alten
die Welt neu gestalten

Eh das Erbe ganz vertan,
laßt doch mal uns Alte ran!

»Ekelhaft, diese verrückten Greise«! Rose-Marie trat zur Stereobox und schaltete ein. Laute Popmusik, die sie sonst verabscheute, füllte den Raum. Regine ließ ihr Manikürbesteck liegen, stand auf und bewegte sich in einem exotischen Tanz.

»Ruhe – ich muß mich noch vorbereiten«, rief Carlo. Er trat zur Stereoanlage und drehte wieder ab. Regine verließ maulend den Raum.

»Es ist wirklich eine Schande«, sagte Rose-Marie. »Was wollen die eigentlich?«

»Na was schon?« Bert Calver hatte sich eine Brotschnitte aus der Küche geholt und kaute. Es war schlecht zu verstehen, was er sagte. »Sie fühlen sich diskriminiert. Sie fordern eine bessere Versorgung. Kostenlose Betreuung, neue Altersheime, Teilnahme am öffentlichen Leben. Und was weiß ich noch alles . . . Es ist immer das alte Lied. Früher waren es die Neger, dann die Gastarbeiter, dann die Arbeitslosen – und nun sind es eben die Alten.«

»Aber so etwas hat es doch noch nie gegeben«, sagte Rose-Marie. »Wenn es junge Leute wären, Schüler, Studenten . . . Ich hätte nie gedacht, daß sich alte Menschen so kindisch aufführen können. Meinst du, daß es schlimmer wird?«

»Wir sind mit den progressiven Linken fertig geworden, und wir haben mit den Feministen aufgeräumt. Glaubst du, wir lassen uns von ein paar wildgewordenen Opas schrecken?«

Das Geschrei auf der Straße wurde lauter, und Trudchen versuchte wieder zum Fenster auszureißen. Der Großvater lief hinterher. Aus der Ferne waren dumpfe Explosionen zu hören.

»Wahrscheinlich fliegen wieder ein paar Telefonzellen in die Luft«, konstatierte Rose-Marie. »Was werdet ihr tun? Wird das Militär eingesetzt?«

»Aber keine Spur«, beruhigte sie Bert. »Die Truppen sind nur dazu da, um unsere Standfestigkeit zu demonstrieren.«

»Aber was werdet ihr tun?«

»Wir werden die Renten ein wenig erhöhen – und die Ausarbeitung eines komplizierten Programms für die Altersversorgung versprechen. Du wirst sehen: Morgen ist der Spuk zu Ende!«

Sie wurden unterbrochen – Regine hüpfte in den Wohnraum und schwenkte ein buntes Etwas in der Hand. »Seht her, was ich gefunden habe – in Opas Kleiderschrank! Was hast du vor, Opa? Willst du der alten Blumenfrau einen unanständigen Antrag machen?« Sie drapierte das Hemd um ihre Schultern und stolzierte umher. Es war wirklich sehr bunt – ein weißer Untergrund mit blauen, gelben und roten Blumen.

Der Großvater stand auf und versuchte es ihr wegzunehmen, und Regine ließ ihn herankommen, um ihm schließlich doch wieder zu entwischen. Die andern sahen amüsiert zu.

»Gib mir das Hemd, Regine!«

Das Mädchen, in eine Ecke getrieben, kletterte über die Couch und verschwand im Korridor.

»Was hast du dir dabei gedacht, Vater?« Rose-Marie schien ernsthaft empört. »Du wirst doch diese blödsinnige Mode nicht mitmachen! Was sollen denn die Kinder von dir denken.«

Der alte Mann antwortete nicht. Er ging zu Trudchen zurück, wischte ihr Schokolade von den dicken Backen und begann die Bauklötze wieder zusammenzusuchen.

***

Bert Calver hatte sich von einem Wagen der Regierung abholen lassen. Das erschien ihm sicherer. Es war schließlich wichtig, daß er rechtzeitig zur Konferenz kam.

Das Bild der Straßen hatte sich kaum verändert. Überall sah man Ansammlungen der militanten Alten. Die Männlein und Weiblein mit den faltigen Gesichtern, der pergamentfarbenen Haut, den schütteren Haaren, den gebeugten Rücken gebärdeten sich wie eine Horde betrunkener Rocker. Sie waren bunt gekleidet, manche hatten Miniröcke oder kurze Hosen an, die, je nachdem, dicke oder dürre Schenkel entblößten. Sie schwenkten Fähnchen in der Hand, und sie reckten Stangen mit Transparenten hoch:

Alt sein ist wundervoll!
Trau keinem unter Sechzig!

Sie hatten schwache Stimmen, die manchmal heiser klangen, manchmal schrill, doch sie waren mit Megaphonen ausgerüstet, was den Lärm zu einem nervenzermarternden Getöse steigerte.

Und wie immer standen Müßiggänger an den Straßenecken, Männer und Frauen mit Körben und Taschen, dazwischen auffällig viele Jugendliche, die sich ihr Vergnügen daraus machten, die Alten zu verspotten. Einige Kinder hatten sich an den Händen gefaßt – genauso wie die 60-, 70- und 80jährigen auf den Straßen –, und sie versuchten, deren Gebärden nachzuahmen.

Nur mühsam bahnte sich der Wagen seinen Weg durch die Menschenmassen hindurch. Es dauerte eine Weile, bis der Fahrer abgelegene Straßen fand, in denen es ruhig war. Zehn Minuten später betrat Calver das Büro. Sein Sekretär erwartete ihn schon, und kurze Zeit danach kam auch Dr. Guhlich vom Sozialministerium. Diese drei Männer bildeten die Delegation, die mit dem Komitee der Alten verhandeln sollte, und schon diese Zusammensetzung deutete an, daß die Sache von der Regierung nicht allzu wichtig genommen wurde, denn weder Calver noch Guhlich gehörten zur Spitze der Hierarchie. Und es war auch nur der stellvertretende Staatssekretär, der ihnen die letzten Anweisungen und Verhaltensregeln gab. Dann brachte sie eine Polizeieskorte an den Stadtrand zur »Festung der Pensionisten«, wie der riesige Trakt des Altersheims im Volksmund genannt wurde. Von dort hatte der Aufstand seinen Ausgang genommen. Und dort sollte auch die Verhandlung stattfinden – davon hatten sich die Alten nicht abbringen lassen.

Calver lehnte sich tief in die Polsterung des kugelsicheren Wagens, der nun auf die Schnellstraße einbog. Von hier aus sah man schon den Hügel mit den einzelnen Hochbauten, die über das Blätterdach der Bäume hinausragten. Man hatte für die Rentner eine idyllische Gegend ausgesucht, den Rand des Mittelgebirges, Wälder und Wiesen, gute Luft und Stille. Doch heute war vom landschaftlichen Reiz der Gegend nichts zu bemerken, die Gebäude sahen düster und drohend aus. Und dieser Eindruck verstärkte sich, als sie kurz hintereinander drei Sperren passieren mußten – mit Ausweiskontrolle, Durchsuchung des Wagens und allem, was dazu gehörte.

Zuerst war Calver ärgerlich geworden und hatte sich beschwert . . . Es war ein richtiges Theater, das einige außer Rand und Band geratene Pensionisten hier veranstalteten, mit ihren eingesetzten Affendrüsen, der geliften Gesichtshaut, dem angeschminkten Sonnenbraun, den aufgeklebten Perücken. Doch diese Leute trugen Waffen, und die Schnellfeuergewehre sahen in ihren Händer eher gefährlicher aus als bei der Miliz. Sie sahen aus, als könnten sie jeden Moment losgehen.

Schließlich fuhren sie durch das Tor; hier mußten sie den Wagen verlassen und zu Fuß weitergehen. Rechts und links marschierten mehrere zerknitterte Männlein und Weiblein in Blue-jeans-Anzügen, und sie hatten schwer an ihren Waffen zu tragen. Aber, wenn ihre Knie auch einknickten und ihre Hände zitterten, so blieben sie doch keinen Fußbreit zurück . . . Sie kamen Calver auch nicht mehr lächerlich vor – in ihrer bestürzenden Entschlossenheit.

»Hier herein«, sagte der weißhaarige Mann, der sie führte, und als Calver die Männer und Frauen erblickte, die an den u-förmig zusammengeschobenen Tischen saßen, verlor er den letzten Rest von Selbstsicherheit.

***

Die Mittagszeit war vorüber, und auch den Kuchen, den Rose-Marie mitgebracht hatte, mußten sie allein essen.

Regine langweilte sich. Das Unterrichtsprogramm war für diesen Tag abgesagt, und sie hatte nichts zu tun. Auch Carlos Prüfung war verschoben worden. Sogar Opa hatte auf den gewohnten Spaziergang mit Trudchen verzichtet; sie saßen in der Sitzmulde und spielten »Mensch ärgere dich nicht«.

Rose-Marie löffelte ihren Kuchen und blickte darüber hinweg auf die Projektionswand des Fernsehens. Obwohl sie sich sonst nicht für Politik interessierte, hatte sie die Nachrichten angestellt; die Szenen, die man zeigte, stießen sie ab und waren in ihrer Groteskheit doch wieder faszinierend. Von ihrem Mann hatte sie nichts mehr gehört, aber nach dem, was hier zu sehen war, konnte er keinen besonderen Erfolg bei seiner Verhandlung gehabt haben. In ihrer Gegend war es zwar noch ruhig, doch an anderen Stellen hatte der offene Aufruhr begonnen. Man sah, wie Gruppen von schreienden Alten von der Miliz zurückgedrängt und in Lastautos verladen wurden. Man sah, wie sie sich zu wehren versuchten, wie sie mit ihren Fähnchen und Transparentstangen um sich stießen – und wie sie Prügel erhielten. Es war ein beschämender Anblick: alte Menschen, von jungen Polizisten geschlagen. Aber da war wohl nichts zu machen – Rose-Marie zuckte die Schultern: Sie waren selbst daran schuld. Wer sich kindisch benahm, wer sich gegen die Ordnung auflehnte, mußte bestraft werden. »Wie gut, daß bei uns noch alles in Ordnung ist«, sagte sie plötzlich. Die Kinder blickten erstaunt auf – sie wußten nicht, was sie meinte.

Aus der Küche klang das Pfeifen des Teekessels. Eine Sekunde lang war Rose-Marie zusammengezuckt – es hörte sich wie eine Sirene an. Aber schon machte sich Opa auf den Weg, um den Herd abzustellen.

Kurze Zeit darauf kam Calver nach Hause. Er sah müde aus.

»Du kommst gerade noch zurecht zum Tee«, sagte Rose-Marie. »Opa bringt dir noch eine Tasse.«

Calver warf seine Aktentasche auf einen Stuhl und setzte sich zu seiner Frau. Geistesabwesend verrührte er den Zucker.

»Warum sagst du nichts?« Rose-Marie blickte ihn ungeduldig an. »Wir sitzen hier herum und erfahren nichts. Kein Wort von der Verhandlung im Fernsehen – ein Skandal! Und du setzt dich hier hin und schläfst mit offenen Augen. So erzähle doch: Was habt ihr ausgerichtet?«

»Na was schon? Nichts haben wir ausgerichtet. Wir haben die Verhandlungen abgebrochen. Es ist uns gar nichts anderes übriggeblieben – sonst hätten wir auf ihre Bedingungen eingehen müssen.«

»Was meinst du damit . . . eingehen müssen? Ihr werdet doch diese paar mickrigen Alten umstimmen können! Es wird Zeit, daß es wieder ruhig wird.«

Bert ließ den Löffel klirrend in den Teller fallen. »Was verstehst du schon davon! Die Sache war ganz anders, als es zuerst den Anschein hatte. Man hat uns überrumpelt – ja, so kann man es nennen. Was konnte ich schon tun; die Regierung hätte jemanden anderen schicken müssen. Sachverständige, eine richtige Delegation. Und nun gibt man mir die Schuld!«

»Es wird dir doch hoffentlich beruflich nicht schaden?« Rose-Marie wirkte erschrocken. »Was ist denn eigentlich passiert? Habt ihr keine Rentenerhöhung angeboten? Du hättest eben ein wenig höher gehen müssen – einige Prozent mehr, vorübergehend. Du hättest ihnen alles mögliche versprechen können – ob man es schließlich gesetzlich bewilligt, steht ja auf einem andern

Blatt. Aber was soll ich dir dazu sagen – das mußt du doch viel besser wissen.«

»Rentenerhöhungen, Krankenversorgung . . . dafür haben sich die Leute überhaupt nicht interessiert. Sie fordern etwas ganz anderes: Gleichberechtigung. Sie haben sich auf die Gesetze berufen. Sie protestieren dagegen, daß man ihnen mit 65 ihre Posten wegnimmt. Sie wollen aktiv am Leben teilnehmen. Sie wollen berufliche Chancen. Sie verlangen Wiedereinstellung aller Pensionisten, die man gegen ihren Willen entlassen hat. Stell dir vor: Sie fordern sogar einige Ministersessel – sie wollen das Sozialministerium übernehmen und das Ausbildungsministerium.«

»Aber das ist doch völlig unsinnig!« rief Rose-Marie.

»Das habe ich mir zuerst auch gesagt«, entgegnete Bert, »doch, wie sich herausgestellt hat, sind diese Forderungen gar nicht so unbegründet. Das Grundgesetz . . .«

»Du bist darauf eingegangen?« Rose-Marie war fassungslos erstaunt.

Bert Calver blickte sie mißmutig an. »Ich habe darauf eingehen müssen – sie haben mir Beweise dafür vorgelegt, daß sie recht haben. Du weißt ja gar nicht, mit wem ich verhandeln mußte. Und auch von der Regierung hatte niemand damit gerechnet. Mein erster Gesprächspartner war Müller-Bellmann . . .«

»Der ehemalige Regierungschef?«

»Ja. Und seine Partner waren Krohner, bis zum Vorjahr Gewerkschaftsboß, und Prohaska, der frühere Führer der Opposition.«

»Müller-Bellmann und Prohaska, beide an einem Tisch!?«

»Nicht nur an einem Tisch – ein Herz und eine Seele! Aber das waren noch nicht alle. Als Sachverständige hatten sie fünf emeritierte Universitätsprofessoren, darunter den Strafrechtler Mallori und den Soziologen Roesch. Auf jeden Einwand von mir nannten sie mir Paragraphen. Sie kannten das Gesetzbuch auswendig und beriefen sich auf Grundsatzurteile des Internationalen Gerichtshofs der letzten 20 Jahre. Ich habe die Unterredung abgebrochen – was blieb mir anderes übrig? Ich habe der Regierung geraten, schnellstens Verhandlungen auf höchster Ebene aufzunehmen. Aber man hat nicht auf mich gehört. Und nun ist ihr Ultimatum abgelaufen.«

Wie zum Beweis änderten sich nun die Bilder auf dem Fernsehschirm. Man sah Fahrzeugkolonnen ankommen, die die Reihen der Miliz durchbrachen, man sah Rudel von Greisen und Greisinnen, die öffentliche Gebäude besetzten und ihre Fahne hißten: Der weiße Kreis auf blauem Grund. Und dann erlebten sie den aufregenden Augenblick mit, als der Fernsehsprecher von seinem Sitz gedrängt wurde, drei alte Frauen zerrten ihn beiseite, und seinen Platz nahm ein hochgewachsener weißhaariger Mann ein, den bisher nur wenige kannten, der aber bald in der ganzen Welt berühmt sein würde. Ohne Manuskript, mit gewählten Worten und doch klar und verständlich, gab er einen Bericht zur Lage. Die Regierung hatte das Angebot der Alten abgewiesen, und somit hatten sie die Macht übernommen – mit dem Ziel, den Staat zur echten Freiheit zu führen, zu einer Ordnung, in der jeder, ob alt oder jung, die Rechte bekommt, die ihm gebühren. »Wir sind keine minderbemittelten Klassen, die keine Ahnung vom Apparat haben, den sie übernehmen wollen. Und wir sind keine enthusiastischen Jugendlichen, denen das Wissen und die Erfahrung fehlen. Wir haben jedes Wissen und jede Erfahrung für uns. Und deshalb ist unser Aufstand erfolgreich!« – so schloß der Mann seine Rede.

Bert und Rose-Marie hatten erstarrt zugehört, und auch die Kinder hatten bemerkt, daß etwas Besonderes vor sich ging. Sogar Opa hatte sich zu ihnen auf die Couch gesetzt und der Rede gelauscht.

Für kurze Zeit wurde der Bildschirm dunkel, dann sah man eine alte Frau – eine ehemals bekannte Schauspielerin – mit einem Manuskript in der Hand. Sie begann zu lesen: Sammeladressen für alte Menschen, die sich der Bewegung anschließen wollten – die in dem neuen Staatsgefüge der Alten ihre Pflicht erfüllen wollten.

»Aber Vater«, sagte Rose-Marie, »du verstehst doch nichts von Politik! Schau, wie verschwitzt Trudchen ist. Du könntest sie ins Bad bringen. Schrubb sie tüchtig ab!«

Der alte Mann stand wortlos auf und verließ den Raum. Nach einer Weile kam er wieder; er hatte sein buntes Hemd an und dazu eine Jeans-Hose. Er trug eine Tasche in der Hand. »Lebt wohl«, sagte er.

Bert sprang auf und trat vor ihn hin. »Aber Vater, du kannst doch jetzt nicht gehen! Es wird bald finster, die Kinder bekommen zu essen!«

Auch Rose-Marie war hinzugekommen und blickte ihren Vater an – erstaunt und vorwurfsvoll. »Vater – was ist los mit dir? Was willst du mit der Tasche? Du kannst doch nicht . . .«

Der alte Mann lächelte. Er hob die Tasche etwas und schwenkte sie. »Macht euch keine Sorgen um mich. Hier ist alles drin, was ich brauche. Lebt wohl!«

Bert hatte ihm den Weg zur Tür verstellt, doch der alte Mann ging auf ihn zu, als sähe er ihn nicht. Da trat Bert zur Seite.

Und Großvater ging hinaus. Kurze Zeit hörte man noch leise Schritte. Dann fiel die Tür ins Schloß.

Sperrgebiet

Im diffusen Sternenlicht sahen die kolossalen Bauwerke noch phantastischer aus: die Kuppel des Reaktors, der Quader der Montagehalle, der Doppelring des Beschleunigers. In Abständen von fünf Minuten zeichneten sich die vergitterten Dachfenster des Hochspannungslabors in grellem Licht wie Scherenschnitte ab – dort lief ein Dauerversuch. Wenn der blendende Schein in einem letzten Flackern erstarb, senkte sich die Dunkelheit um so nachhaltiger über das Sperrgebiet.

Es lag mitten in den Wäldern – zehn Quadratkilometer gerodetes Land, da und dort noch aufgerissener Boden, abgelagerte T-Träger, Betonmischmaschinen, Gußformen. Eine breite Asphaltstraße, ein querliegender tiefschwarzer Einschnitt, Wege, mit Kunststoffplatten belegt. Darum herum ein Sicherheitsgürtel, Tretminen, Wachttürme, ein Rahmen aus Stacheldraht.

Knirschende Schritte im Sand – Mandelbrod zuckte zusammen und schob ein Stück Papier von der Tischplatte in die Schublade. Durch die Glasscheibe des Pförtnerhauses konnte er eine dunkle Gestalt näher kommen sehen. Gespannt versuchte er die Dämmerung zwischen den hochragenden Leuchtkörpern zu durchdringen, er saß vorgebeugt da und drückte mit dem Magen die Schublade zu. Das Schloß schnappte hörbar ein.

Dann aber sah er seine schlimmste Befürchtung bestätigt: Es war Korpa, der sich jetzt vor dem Tor aufbaute und ihm befehlend zuwinkte. Mandelbrod tastete die Kombination ein – das Fußgängergatter öffnete sich. Korpa trat ein und stellte sich dicht vor den Pförtner. Neben seiner massigen Gestalt verschwand dieser geradezu – ein ältlicher, unscheinbarer Mann in grauer Uniform.

Korpa beendete seine Musterung und ließ sich ächzend auf einen Hocker nieder. »Was macht die Frau? Wie geht's den Kindern?«

»Danke, gut«, antwortete Mandelbrod beunruhigt. Der Direktor gab sich freundlich, und das bedeutete nichts Gutes. Sollte er in den Ableitungen für die Feldberechnungen einen Fehler begangen haben? In Anbetracht der Anspannung, in der er sich die letzte Woche hindurch befunden hatte, wäre das durchaus möglich gewesen. Aber nein – das konnte Korpa nicht so bald bemerkt haben.

Korpa zog ein paar gefaltete Papiere aus der Brusttasche. »Wir haben ein kleines Problem«, sagte er. »Es geht um das Neutronen-Protonen-Plasma. Der Fadenstrahl ist nicht stabil – es kommt zu Schwingungen. Könnte es an der Einschußvorrichtung liegen?« Er schob Mandelbrod die Papiere hin.

Mandelbrod glättete sie, blätterte darin. „Das kann ich mir nicht denken", murmelte er. »Die Spinfunktion stimmt, an der Feldoptik liegt es nicht. Vielleicht eine Verunreinigung?«

»Keine Verunreinigung«, sagte Korpa. »Dafür steht mir Yasinski gerade. Auch wir haben zuerst daran gedacht. Nein, es muß an den Feldparametern liegen. Prüfe sie nach!«

»Gut«, sagte Mandelbrod, »ich werde es morgen nachrechnen.« Er wollte das Manuskript in seine Tasche schieben, doch da fiel ihm ein, daß sich Korpa vielleicht für deren Inhalt interessieren könnte, und er unterließ es.

»Nicht morgen – jetzt«, befahl Korpa. »Morgen soll das Experiment anlaufen. Wir erwarten Besucher der Akademie. Du weißt, was das bedeutet.«

»Gewiß«, stammelte Mandelbrod. Es überlief ihn kalt vor Entsetzen. »Aber ich brauche Unterlagen, die letzten Versuchsprotokolle . . .«

»Was soll das?« fragte Korpa. »Wir rufen sie über das Display ab.« Mit dem Kinn deutete er auf den Monitor, auf dem eine Fisheye-Aufnahme des Sperrgebiets zu sehen war – eine Umsetzung Ultrarot/sichtbares Licht. »Du kennst doch die Kennummer genausogut wie ich, oder nicht?« Er drückte auf die plastiküberzogenen Knöpfe, das Bild verschwand, dafür tauchte eine Schriftzeile auf:

BEREIT ZUR ABFRAGE / KNR 7073

»Und das Kontrollbild?« fragte Mandelbrod.

Korpa blickte den kleinen Mann von der Seite an. »Was ist los mit dir? Denkst du nicht an deine Frau und deine Kinder? Sie haben eine Menge Vergünstigungen bekommen, die ihnen gar nicht zustehen. Willst du das alles aufs Spiel setzen?«

»Nein, nein, natürlich nicht«, sagte Mandelbrod rasch. Sein Herz klopfte, er zermarterte sich das Gehirn nach einem Ausweg. Äußerlich blieb er ruhig.

Korpa lehnte sich zurück und zog eine Pfeife aus einem Lederetui. Er stopfte sie und zündete sie umständlich an. Er stieß den Rauch mit kurzen paffenden Lauten aus. Das Pförtnerhaus füllte sich mit süßlich-aromatischem Duft. »Ich warte«, sagte er undeutlich, den Pfeifenstiel im Mund.

Verstohlen blickte Mandelbrod auf die Uhr. Fünf Stunden bis drei Uhr früh. Konnte er es schaffen? Oder sollte er sich gar nicht erst bemühen und Hausnummern aufs Papier kritzeln? Und wenn es Korpa merkte? Der verstand jetzt schon ein wenig mehr von der Theorie als seinerzeit, vor sieben Jahren, als er Mandelbrod abgelöst hatte – ein kleiner Laborant, und plötzlich Leiter einer Forschungsabteilung. Auch für ihn war es nicht leicht gewesen . . .

Mandelbrods Gedanken drohten abzuschweifen, er versuchte sich zu konzentrieren. Noch einmal nahm er sich die Papiere vor, diesmal ruhiger und aufmerksamer.

Er holte einen Kugelschreiber aus der Tasche und begann zu rechnen.

Zahlen, Daten, Symbole . . .

Variable, Parameter, Konstante . . .

Differentialgleichungen zweiter Ordnung, Fourier-Transformationen, Besselsche Funktionen . . .

elektrische und magnetische Felder, Kernkräfte, Energieverteilungen, Gradienten, Vektoren, Tensoren, Invarianten . . .

Mandelbrod rechnete. Äußerlich saß er unbewegt, vornübergebeugt, nur seine Augenlider zuckten. Schweiß erschien auf seiner Stirn, rote Flecken auf den Wangen –

das Gesetz von Aktion und Reaktion,

das Gleichgewicht der Kräfte,

vektorielle Addition,

Matrizenrechnung,

Kroneckersche Symbole,

Näherungsrechnung, Intrapolationen, Gaußsche Glockenkurve, exponentielle Abhängigkeit, Fehlergrenzen, numerische Integration, Logarithmen . . .

Mit der Spitze des Kugelschreibers tastete er Zahlen ein, er überflog die Listen auf dem Bildschirm, suchte aus Hunderten Werten jene heraus, die er brauchte . . .

Summationen, Iterationen, differentielle Größen, Schwingungen, Amplituden, Phasenverschiebungen, imaginäre Zahlen . . .

Mandelbrod hatte sein ganzes Leben lang gerechnet, und nun

rechnete er mit der Zeit um die Wette. Er hatte es in der Kunst der Konzentration zur Meisterschaft gebracht, und nun versuchte er verzweifelt, diese Kunst anzuwenden und die drängenden Gedanken auszuschalten.

Seine Frau, seine Kinder – irgendwo draußen, drei Kleider übereinander, Großmutters Schmuck an Hals und Armgelenken, Kopftücher, prallgefüllte Taschen, Kampf mit der Angst, Kampf mit dem Schlaf, Blicke auf die Leuchtziffern der Taschenuhr, was haben wir vergessen, wird es klappen, nur kein Zwischenfall . . .

Mandelbrod starrte auf die Diagramme, auf die Zahlenkolonnen, auf die Schemazeichnungen, die Linien verschwammen, das Papier wurde grau . . . Er riß sich zusammen: Strecke A, B, Abfall 30 Prozent, Fehlergrenze 0,05, die Näherung zu grob, der kritische Druck überschritten, neu beginnen, zwei Dezimalstellen mehr, dichtere Folgen von Stützwerten . . .

Was zeichnete er da? Einschußrichtungen, Erhitzung des Targets, Druck auf das Keramikgefäß, ein Versuch zur Freisetzung von subatomaren Teilchen – ein Vorversuch – ein Probelauf für einen Vorversuch . . .

Materie und Antimaterie, die Entstehung der Welt, Kraft aus dem Atomkern, das Energieproblem, der große Knall, Erkenntnisse, Einsichten, Struktur von Raum und Zeit, Essen, Trinken, Überleben . . .

Korpa räkelte sich, streckte seine Beine aus – eine Spiegelung im Glas. Zwei Uhr früh. Draußen Nebelschwaden . . .

Mandelbrod strich einige Ziffern aus, setzte andere ein, ein rasch hingeworfenes Schemabild, die Zunge des Injektors, Kanteneigung, Führungsfelder, asynchrone Modulation, negativer Dämpfungsfaktor, ein abweichender Wert, Kontrollrechnung, Ziffernreihen, ein Resultat . . .

»Es lag am Injektor«, sagte Mandelbrod. Ihm war, als sei er aus einem hektischen Traum erwacht. Sein schütteres Haar war zerzaust. An den Handflächen klebte Farbe des Kugelschreibers. »Eine Störung des Führungsfeldes. Zu hohe Gradienten an den Kanten. Hier – der neue Krümmungsradius. Jetzt ist die Synchronisation perfekt.« Korpa stemmte sich mit einem Ächzen hoch. »Ist aber auch Zeit«, sagte er. Er warf einen Blick auf die über den Tisch gebreiteten Blätter. »Gute Arbeit, Mandelbrod«, sagte er. »Ich lasse dich auf Sonderrationen setzen.« Er raffte die

Papiere zusammen.

»Danke«, sagte Mandelbrod, »vielen Dank!« Er wartete, bis Korpa hinter den Lichtkegeln der Leuchten verschwunden war. Halb drei. Es müßte noch ausgehen. Er tippte einige Kontrolldaten ein, holte den Plan, bei dessen Studium er unterbrochen worden war, aus der Schublade und stopfte ihn in die Tasche. Er zog seinen schweren Uniformmantel an, öffnete das Fußgängergatter und trat hinaus. In der eisigen Nachtluft merkte er, daß er naß war vor Schweiß.

*

Er kam langsamer voran, als er gehofft hatte. Die tiefliegenden Nebelschwaden führten ihn einige Male in die Irre, er hatte Mühe, dem sumpfigen Untergrund zu entrinnen. Es war drei Uhr, und er hatte die Lichtung im Buschwald noch nicht erreicht. Er blieb stehen, um sich zu orientieren. Da hörte er das Flugzeug.

Er hatte mit allem Nachdruck darauf bestanden, daß man notfalls auch ohne ihn starten sollte – um punkt drei. Trotzdem begann er zu laufen, dem Geräusch nach. Jetzt brauchte er nicht mehr darauf zu achten, leise zu sein. Er brach durch Schilf und Buschwerk, kam rasch voran – und er brauchte doch beklemmend lang. Drei Uhr fünf, drei Uhr zehn . . .

Da lag die graue Masse des Senkrechtstarters vor ihm. Die Düsen pfiffen rauschend – noch ohne das aufreizende Singen der Sekunden unmittelbar vor dem Start.

Eine Gestalt trat auf Mandelbrod zu. »Höchste Zeit! Haben Sie das Manuskript?«

Mandelbrod hob die Tasche. »Hier!« Er keuchte.

»Steigen Sie ein!«

»Meine Frau, meine . . .«

»Sie sind hier!«

Der andere schob ihn vorwärts. Mit letzter Kraft kletterte er die niedrige Leiter hinauf.

*

Unten zog das Land vorbei – ein dunkler Teppich mit noch dunkleren Flecken, Wäldern oder Seen.

Mandelbrod saß an seine Frau gelehnt, die noch kein Wort

gesprochen hatte. Erst allmählich kehrte die Besinnung zurück – immer wieder hatte sich sein Gehirn mit langen Zahlenreihen gefüllt, mit denen er rechnen mußte, ob er wollte oder nicht, und er hatte verzweifelt versucht, sie zu verdrängen.

»Wir haben uns noch nicht begrüßt«, sagte eine Stimme. Ihm gegenüber saß ein Mann mit Stiefeln, Ledermantel und schmalkrempigen Hut. Er hatte ein hageres Gesicht, am Kinn sproß ein dünner blonder Bart.

»Vielleicht erinnern Sie sich an mich – wir sahen uns bei einem Kongreß in Berkeley. Ich heiße Slomar.«

»Es ist zehn Jahre her«, antwortete Mandelbrod und drückte die Hand, die sich ihm entgegenstreckte.

»Ich freue mich, daß wir Sie herausholen konnten«, sagte Slomar. »Jetzt sind wir in Sicherheit.« Er deutete zum Fenster. Dort unten das Meer – darüber ein grauer Himmel, der im Osten silbern schimmerte.

Mandelbrod strich sich über den grauen Uniformmantel. »Für mich wird vieles neu sein«, sagte er. Und er fügte hinzu: »Ich bin nicht mehr der Jüngste.« In diesem Moment, als er alles hinter sich hatte, sollte er sich eigentlich zufrieden fühlen – aber er tat es nicht. Er mußte an die Zukunft denken, an die fremden Menschen, die fremde Sprache, das fremde Land . . . Kaum löste sich der Druck der Vergangenheit, da senkte sich schon die Last der Zukunft auf ihn. Er hatte die Freiheit gewonnen, aber die Heimat verloren. Er blickte zu seiner Frau hinüber, zu den Kindern – wußten sie, was mit ihnen geschah? In dieser Umgebung sahen sie hilflos und verloren aus – als gehörten sie nicht dazu. Wie würden sie sich zurechtfinden, wie würden sie es ertragen?

Unter dem Arm spürte er seine Tasche; darin der Umschlag mit den Papieren, sein einziger und letzter Besitz. Der Niederschlag seiner Gedanken und Ideen, alle wichtig und bahnbrechend – er wußte es, und die andern ahnten es wahrscheinlich.

Materie, die Struktur der Elementarteilchen, die Welt, die sich in Mathematik auflöst, Relativierung von Ursache und Wirkung . . . Umkehr von Vergangenheit und Zukunft . . .

Vergangenheit und Zukunft . . . er stockte. Was die Welt im Innersten zusammenhält – es waren jahrtausendealte Fragen, denen er einen gewaltigen Schritt nähergekommen war. Aber waren es wirklich die wesentlichen Fragen? Hatte es sich gelohnt, darüber nachzudenken? Oder war das andere wichtiger: das Brot, das man ißt, das Bett, in dem man schläft, die Kleider am Leib . . . Für ihn war keine dieser Fragen gelöst. Hatte er vielleicht über die falschen Dinge nachgedacht?

»Machen Sie sich keine Sorgen – sie haben Freunde bei uns«, sagte Slomar – als hätte er Mandelbrods Gedanken gelesen. Sie schwiegen, bis in der Ferne der Schattenstreifen einer Steilküste sichtbar wurde und sich das Flugzeug zur Landung zu senken begann.

Hier, am Rande der Wüste, dauerte die Dämmerung nur kurz. Farbstreifen am Horizont, gelb, orange, violett, einige Wolken, hell vor dem dunkelblauen Himmel . . . Dann war alles vorbei. Die Dämmerung breitete sich über das Land, doch hier, im Forschungsgelände, wurde es nie finster: Riesige Scheinwerfer badeten die Anlagen in einer grellen Lichtflut. Weiße Silhouetten gegen dunklen Grund – flach und schattenlos wie Kulissen einer Bühne. Mandelbrod hatte sich in diesem Schauspiel verloren, doch nun besann er sich wieder auf seine Aufgabe. Er beugte sich über den Schreibtisch und rückte die Papiere zurecht.

Datenlisten, Flußdiagramme . . .

Formeln, in computergerechter Weise aufbereitet . . .

Programme, Unterprogramme, Routinen . . . Befehle für Einspeicherung auf Abruf . . .

Mandelbrod hatte Mühe, sich zu konzentrieren. Irritiert griff er nach der Tasse mit kaltem Kaffee, trank lustlos. An der späten Stunde konnte es nicht liegen. Er arbeitete immer so lange – was hätte er sonst auch tun sollen? Das Dorf, in dem die Wissenschaftler lebten, lag zehn Kilometer entfernt, in einem vegetationslosen Felstal. Um die nächste Stadt zu erreichen, mußte man eine Stunde fahren . . . Seine Frau, seine zwei Töchter? Einige Wochen waren sie in seiner Nähe geblieben, hatten gewartet, bis er spät abends zurückgekommen war. Einige Wochen hatten sie sich richtig glücklich gefühlt – eine Familie. Aber wieder war er immer tiefer in seine Arbeit hineingeraten, in seine Probleme, in dieses Ringen um verborgenes Wissen, in diese Auseinandersetzung mit ungreifbaren und kaum vorstellbaren Dingen, die offenbar den Kern der Welt bildeten . . .

Seine Töchter wollten etwas vom Leben mitbekommen, von der Kultur, von der Unterhaltung, es hielt sie nicht in der Abgeschiedenheit aus Fels und Sand. Sie kosteten die Freiheit aus, die sie so lange hatten entbehren müssen, es macht ihnen nichts aus, wenn es spät wurde, und oft genug übernachteten sie in der Stadt. Was sie dort taten? Mandelbrod konnte es sich nicht recht vorstellen. Spazierengehen? Theater besuchen? Konzerte? Einkaufen? Gut essen? Alles das bedeutete ihm nichts, doch er hatte Verständnis dafür, wenn andere daran teilhaben wollten. In Wirklichkeit war es so, daß er seine Familie kaum noch zu Gesicht bekam.

Später vielleicht, ja – wenn er die lange gesuchten Erklärungen gefunden hatte, wenn er endlich wußte, wie . . . was . . . Doch wann würde es soweit sein? Hinter allen Fragen neue Fragen, hinter allen Problemen neue Probleme. Jede Antwort deckte neue Rätsel auf, und immer schwerer wurde es, die Übersicht zu behalten, die Konzentration . . .

Mandelbrod tippte eine Formel ein – in seltsam eckigen Buchstaben erschien sie auf dem Bildschirm. Einige Befehle, eine Iteration – Näherungsergebnisse mit sukzessiv steigender Genauigkeit.

Die auf dem Bildschirm flimmernden Symbole kamen zum Stillstand – er merkte es nicht. Wieder war irgendwo in seiner Vorstellung ein Gedanke aufgetaucht, ein diffuses Bild, so zart, daß man es selbst in seinen Gedanken nur vorsichtig behandeln mußte, damit es sich nicht auflöste, irgendwo in einem dunklen Abgrund verschwand. Einen Augenblick lang hatte er das Gefühl, das Ende jener Schnur in der Hand zu haben, die einen sicher durch das Labyrinth leitete, zu jenem Gipfel, von dem aus sich die verschlungenen Wege plötzlich entwirrten, eine Übersicht entstand, die das Herumtappen in den Tiefen lächerlich erscheinen ließ. Der gekrümmte Raum, das vierdimensionale Kontinuum, Materie, in abstrakte Geometrie verstrickt, elementare Bausteine, die sich aus komplizierten Rechenoperationen heraus materialisierten – eine Welt, die nur noch aus miteinander verbundenen Zahlengruppen bestand, im Grunde genommen einfach, doch himmelweit von der farbigen und greifbaren Konsistenz unseres Daseins entfernt.

Und was bedeutete es, wenn er das Ziel erreichte? Was wurde dadurch möglich, was bisher nicht möglich gewesen war? Wem half es, wem nützte es? Was war die Konsequenz? Vielleicht wieder neue Anlagen, Maschinen, Automaten, noch gigantischer als die alten, noch lebensfremder in ihrer kalten, unverständlichen Logik? Nein – genau das würde überwunden sein. Dann gab es ja keine Fragen mehr, die zu beantworten waren, keine ungelösten Probleme. Die Welt, auf eine allgemein gültige Formel reduziert – der Universalschlüssel zur Erkenntnis, eine Art Zauberformel, die den direkten Zugang schaffte – zu allem, was möglich und vorstellbar war. Konnte es wirklich so sein? Fand sich hinter all diesem Wust von Zahlen und Zeichen die Quintessenz jahrtausendelanger Bemühungen, das Endergebnis der Arbeit von Generationen Wißbegieriger – vom Alchemisten bis zum modernen Physiker? Einen Moment lang glaubte es Mandelbrod. Und diese Ahnung einer endgültigen Lösung, die irgendwo in den Tiefen seines Gehirns blinkte und noch schwer zu fassen war . . . Würde er der erste sein in dieser Welt, der wirklich begriff? Würde sich ihm die Welt erschließen, Vergangenheit, Gegenwart und Zukunft in einem, Leben und Tod, Schicksal? Wären dann mit einem Schlag alle Zweifel gelöscht, alle Bedenken getilgt? Hätte er das Meer von Traurigkeit endgültig überwunden, über das er die ganze Zeit seines Lebens dahingezogen war, eifrig bemüht, sich nicht in die Tiefen ziehen zu lassen?

Mandelbrod strich sich mit der Hand über Stirn und Nasenrükken, die Augen geschlossen, den Kopf gesenkt. Etwas flimmerte vor seinen Augen, und als er aufblickte, sah er durch das Metallnetz des Fensters hindurch ein bläuliches flackerndes Licht – diese Anlage kam nie zur Ruhe, immer regte und bewegte sich etwas darin, Menschen, marionettenhaft an die Fäden ihrer Aufgaben gebunden, Räder, Hebel, Übersetzungen, elektrische Ströme, Strahlung, Licht . . .

Wieder wandte sich Mandelbrod dem Bildschirm zu – auch hier dieses Flimmern, das ihn geradezu körperlich schmerzte. In seinem Gehirn fühlte er so etwas wie eine Resonanz. Ich muß mich konzentrieren, dachte Mandelbrod, ich muß meine Gedanken sammeln, alles Störende ausschalten – die Umgebung, die Situation, Unruhe, Bedenken, Hoffnung . . . meine Aufgabe . . . wie spät ist es? – die Zeit vergeht . . . wieviel Stunden, wieviel Tage, wieviel Jahre? Die Welt um ihn herum versank, nur noch die Zeichen auf dem Bildschirm hatten Bestand – Verkörperung des einzigen, was wirklich war – mehr als Schall und Rauch . . .

Seine Hand tastete nach dem Kugelschreiber, und dann zog er

Linien über das Papier, kreuzte Punkte an, setzte Symbole hinzu . . .

Und dann hörte er Schritte neben sich, empfand den Geruch glimmenden Pfeifentabaks – irgend etwas schnürte sich um seine Seele. Als er sich umdrehte, war ihm, als bewegte er sich in einer zähen Masse. Da stand Korpa, blies ihm Rauch ins Gesicht. Mandelbrods Körper begann zu zucken, es wurde ihm schwarz vor den Augen, und mit einem stöhnenden Laut sank er zu Boden.

*

Die Sanitäter hatten Mandelbrod auf die Couch gebettet, der Arzt gab ihm eine Injektion. »Ein Schwächeanfall, nichts Ernstes – wahrscheinlich überarbeitet.«

Mandelbrod atmete flach, er hielt die Augen geschlossen, nur dann und wann lief ein Zucken über sein Gesicht. Er sah noch schwächer aus als sonst.

»Er braucht wohl Ruhe«, sagte Slomar und drehte sich zu Korpa um, der seitlich hinter ihm stand. »Ich fürchte, er ist am Ende seiner Kräfte. Wie gut, daß auch Sie sich entschlossen haben, in unserem Land zu arbeiten.«

Leise verließen sie den Raum. Der Arzt gab den Sanitätern ein Zeichen, und sie hoben Mandelbrod auf einen Rollwagen und schoben ihn hinaus. Er war noch immer ohnmächtig, doch sein Gehirn war wach. Er träumte den Traum der allumfassenden Erkenntnis, die alle Probleme hinfällig werden läßt und die große Freiheit und Ruhe schenkt.

Schaukampf

Der Lärm war ohrenbetäubend. Wie eine Flüssigkeit wogte er in der Schale des Stadions, brandete über die Köpfe einer Hunderttausende zählenden Menschenmasse, quoll über die Ränder der Emporen und wurde schließlich an der konkaven Überdachung reflektiert. Ein schaurig dumpfes Rauschen, das die Magenwände zum Beben brachte, darüber ein Winseln und Kreischen, Schreien und Heulen, Wellenberge der Ekstase – betäubend, berauschend, schwindelerregend. Man konnte sich nur dagegen wehren, wenn man mitschrie, mitbrüllte, eins würde mit diesem Orkan entfesselter Aggression.

Alf Fisher stand weit oben, am Rand des Südturms, der längst zum Wahrzeichen der Stadt geworden war, in einem für das Publikum gesperrten Sektor. Er lehnte am Geländer, blickte hinunter ins Oval. Staub wehte von der Sandfläche auf. Dort kämpften zwei Wesen – eines erinnerte an eine Schlange, der plattgedrückte Leib war mindestens 20 Meter lang. Die Waffen des Tieres: ein gekrümmter Schnabel, mit dem es zuschlug wie mit einer Harpune, und ein Stachel am Schwanz, mit dem es auf den Gegner einstach. Diese Kampfweise bedingte, daß es sich herumwarf wie ein Fisch auf dem Trockenen, daß es hochschnellte, durch die Luft wirbelte und wie ein Hufeisen gekrümmt zur Erde niederfuhr.

Das andere Tier gehörte zu den Flugsauriern – man hatte ihm die Flügel gestutzt, damit es nicht wegflattern konnte. Es kämpfte mit Klauen und Zähnen; wie ein Schuß klang es, wenn sein Maul einmal ins Leere schnappte.

Der Kampf wogte hin und her. Fetzen horniger Haut flogen, organgefarbene Gallerte drang zwischen Panzerringen hervor, rostbraunes Blut zeichnete Kringel in den Sand. Schließlich verbiß sich der Schnabel in den Hals der Schlange, dicht hinter dem Kopf. Wie Sägen arbeiteten die Zahnreihen – als der Drache endlich von seinem Widersacher abließ, hing der Schlangenschädel nur noch lose am sich windenden Körper.

Alf ließ den angehaltenen Atem pfeifend den Lungen entweichen. Als er vor drei Tagen auf der Erde angekommen war, hatte er geglaubt, in den langen Jahren Abstand gewonnen zu haben, eine neue Sicht, die trotz aller Begeisterung nüchterner war, berechnender, bewußter. Doch jetzt merkte er, daß es ihn mitriß wie damals, als er noch unter der Aufsicht des Erziehers mit den Klassenkameraden irgendwo dort unten in der Menge eingekeilt gestanden war. Er fühlte das gleiche Herzklopfen, die gleiche Benommenheit, das gleiche Hochgefühl, einem unbeschreiblichen Abenteuer beizuwohnen. Seit damals hatte es kein anderes Ziel für ihn gegeben, als Gladiator zu werden – die höchste Stufe des Heldentums in einer spannungslosen Welt. Es war anders gewesen als bei vielen seiner Freunde aus dem Internat, die Raumschiffkapitäne werden wollten, Versuchspiloten oder Planetenforscher. Auch bei ihm war der Gedanke spontan gekommen, aus aufgewühlten Emotionen heraus, unter dem Eindruck des Erlebens, aber er hatte seiner Phantasie nicht gleich nachgegeben, er war davor zurückgeschreckt, nach den Sternen zu greifen. Dann aber, nach und nach, war die Idee in ihm gereift, er hatte einen Entschluß gefaßt und sich eine Aufgabe gestellt. Seither war er seinen Weg gegangen, Schritt für Schritt, ohne nach rechts oder links zu blicken, unbeirrt. Und jetzt stand er dicht vor dem Ziel. Heute würde die Entscheidung fallen . . .

Die Pause war vorbei; die Fanfaren schmetterten ihre Hymne – die Hymne der Gladiatoren. Denn jetzt war die Zeit der letzten Runde gekommen, Abschluß und Höhepunkt des Spektakels: der Kampf zwischen Mensch und Bestie. Es war die Verkörperung menschlicher Daseinsbehauptung an sich, das älteste Drama der Weltgeschichte und doch zeitlos wie Verzweiflung oder Hoffnung, Angst oder Mut, Untergang oder Sieg.

Und dann ertönte ein Röhren aus einem geifernden Maul, ein sechsfüßiges Ungeheuer flitzte in die Arena, ein kegelförmiger Kopf, lange Zahnreihen zwischen gefletschten Lippen, kugelige Facettenaugen, gesträubtes Gefieder. Es war ein Riesentapir aus den Sümpfen des Heron 4, eines fernen Himmelskörpers, über Entfernungen von Lichtjahren herbeigebracht, um sein Leben unter den Hieben der Elektropeitschen, den Strahlen der Laserpistolen und den Einschlägen der Molotowkugeln auszuhauchen. Es war zehn Meter lang, es lief die Begrenzung der Kampffläche entlang, tiefgeduckt und überraschend schnell, und manchmal richtete es sich hoch auf, das Maul in die Luft gereckt, die Hufe der Vorderbeine in die Leere schlagend, als wollte es schattenboxen. Wo es vorbeikam, wichen die Zuschauer unwillkürlich zurück, so erschreckend erschien die unmittelbare Nähe des Tiers, obwohl doch jeder wußte, daß die Arena von einem Gravitonenvorhang umschlossen war, ein durchsichtiger, aber ebenso undurchdringlicher Panzer, perfekter Schutz für das Publikum. Noch entscheidender – wenn auch in umgekehrtem Sinn – war die Abschirmung für den Kämpfer: Er war auf sich allein gestellt, befand sich, obzwar den Blicken unzähliger Zuschauer auf den Rängen und an den Fernsehschirmen preisgegeben, in einer eigenen, abgeschlossenen Welt, in die niemand eingreifen, in der ihm niemand helfen konnte. Es waren nicht wenige, die diese Hilfe gebraucht hätten.

Alf Fisher war sich dieser Situation wohl bewußt, und trotzdem: Als nun ein Mann auftauchte – geradezu verloren wirkte er im Kreis der Kampffläche –, als die Bestie plötzlich stutzte und mit zitternden Flanken wie erstarrt stehenblieb, als sich der Mann nun mit langsamen, in seiner Panzerung fast unbeholfen wirkenden Schritten in Bewegung setzte, die Elektropeitsche in angedeuteter Abwehr vor sich ausgestreckt, da überkam Alf Fisher ein unbeschreibliches Gefühl, ein Interferieren von Neid, Sehnsucht, Ungeduld, Zweifel, Mitleid und Erwartung.

Wieder begann das Tosen, erst dumpf, von spitzen Schreien durchsetzt, dann anschwellend bis zu einer mitreißenden Flut. Der Kampf hatte begonnen.

***

Urwüchsige vitale Kraft gegen menschliche Intelligenz, unterstützt durch einige bescheidene technische Hilfsmittel . . . Wie immer war die Auseinandersetzung mitreißend, enervierend, dramatisch. Alf Fisher fragte sich, wie sie es erreichten, daß es stets hart auf hart ging, daß die Kräfte stets ausgeglichen waren, daß der Sieg immer auf des Messers Schneide lag. Es mußte an der Auswahl liegen, an einem genauen Studium der Fähigkeiten des Tieres und einer darauf präzise abgestimmten Auswahl der zugelassenen Waffen. Diesmal hatte der Mensch gewonnen, Rex Mangrove, 17 Siege, einer der großen Stars. Nicht immer gewann der Mensch, und manche der Gladiatoren hatten ihr Leben verloren. Aber sie alle hatten verzweifelt gekämpft, hatten ihr Leben teuer verkauft – und dem Publikum ein unvergeßliches Schauspiel geboten. Ihre Namen standen in Marmor gemeißelt und mit Gold ausgelegt auf dem großen Gedenkstein neben dem Haupteingang.

Immer wieder brodelte der Jubel hoch, wenn Rex Mangrove die Faust gegen den Himmel hob oder Funken aus seiner Elektropeitsche sprühen ließ.

Seinerzeit hatte Alf Fisher das Schauspiel stets bis zum Ende ausgekostet, er hatte gewartet, bis das Gros der Zuschauer das Stadion verlassen hatte, und oft war er dann die leeren Sitzreihen hinuntergelaufen, bis vorn an die Brüstung, wo die Ehrenplätze für Politiker, Raumfahrtpioniere und Schauspieler waren, er hatte in die zerwühlte Sandfläche gestarrt und sich selbst dort unten gesehen, Aug in Aug mit dem Monster, angefeuert von den Zuschauern und überlegen im Sieg. Diesmal aber wandte er sich ab, ging die Treppe zur Terrasse des Südturms hinauf, von dem man einen prächtigen Überblick über das ganze Stadion hatte. Er drückte den Klingelknopf und sprach seinen Namen in das Mikrophon der Gegensprechanlage. Die Tür öffnete sich ferngelenkt, und Alf stieg einige mit Teppichen belegte Stufen hinauf. Er erreichte ein Foyer – Glaswände, Gruppen von Ledersesseln um winzige Rauchtischchen verteilt, und wieder der dicke Teppichboden.

Vor ihm öffnete sich eine Tür, und ein Mädchen trat heraus: Es war blond, hatte ein symmetrisches Puppengesicht und eine makellose Figur. Es trug seinen Arbeitsmantel wie eine Kreation der Pariser Haute Couture: Christa, Göblis Assistentin; er hatte sie bei vielen Fernsehinterviews gesehen, wenn auch stets nur im Hintergrund, als ein Schmuckstück, auf das man aber nur mit vornehmer Zurückhaltung zeigt. Es liefen Gerüchte darüber um, auf welche Art sie zu dieser bevorzugten Stellung gekommen war, aber das waren Gerüchte, wie sie in der Gesellschaft stets umliefen – im Grunde genommen belanglos und unwichtig für das Geschehen, um das es wirklich ging.

»Sie sind Alf Fisher, ich weiß«, sagte Christa. »Direktor Göbli erwartet Sie.«

Der Leiter des Unternehmens war ein bekannter Mann. Es war seine Idee gewesen, Tiere von fremden Planeten auf die Erde zu bringen und mit ihnen Kämpfe auszutragen. Er hatte damit überraschenden Erfolg gehabt, und innerhalb weniger Jahre hatten die Schaukämpfe selbst den Fußball und den Skizirkus an Popularität überrundet. Bei Fußball und Ski – da ging es um Tore und um Hundertstelsekunden, genaugenommen um fiktive Ziele, ohne ernsthaftes Interesse für die Menschheit, nur durch die intensive Werbung hinauflizitiert. Bei den Schaukämpfen aber ging es um etwas, was noch immer in die tiefsten Winkel des Bewußten und Unterbewußten drang: um das Leben, wenn es auch nur jenes eines Repräsentanten der Menschheit war, eines Stellvertreters für alle jene, die den Kampf aus bequemen Stühlen heraus verfolgten. Und doch wurde auch in diesen etwas aufgewühlt und an die Oberfläche gespült, was sonst tief im Verborgenen verschüttet lag, Grausamkeit, Rücksichtslosigkeit, die Bereitschaft zu töten, die Lust am Untergang . . . Vielleicht war es das, was die Gladiatoren zu echten Volkshelden machte, zu Idolen der Jugend, zu Vorbildern und Stars. Was gab es auf dieser Welt noch mehr, als Held der Schaukämpfe zu sein!

Der Direktor wühlte in einem Stapel von Mappen. »Was glauben Sie, wie viele Bewerbungen wir kriegen. Wir lassen die Selektion durch einen Computer durchführen – das garantiert uns ein objektives Ergebnis. Sie müssen gute Qualifikationen mitbringen, wenn Sie in die letzte Wahl kamen.« Er schlug eine Mappe auf, blätterte darin. »Ich hatte noch keine Zeit, mich mit Ihren Unterlagen zu beschäftigen. Fühlen Sie sich dieser Aufgabe gewachsen?«

»Ich habe systematisch trainiert«, antwortete Alf. »Ich besitze das große Sportabzeichen in Gold und den Gesundheitspaß der Sonderklasse.«

Der Direktor blickte ihn abschätzend an. »Gut«, murmelte er anerkennend.

»Die letzten fünf Jahre habe ich mich auf verschiedenen Planeten der Außenbereiche aufgehalten. Als Jäger und Tierfänger. Ich habe schon viele Kämpfe bestanden, draußen auf freier Wildbahn. Auch mit Tieren, die Sie hier schon eingesetzt haben – und mit anderen.«

Der Direktor zog Papiere aus einem Umschlag, fächerte sie auf der Schreibtischplatte auf. »Aha, Ihr Gutachten. Sie haben ausgezeichnete Noten bekommen!«

Alf Fisher nickte. Sein Herz schlug ein wenig schneller als sonst – bis jetzt war alles prächtig gelaufen. Worauf kam es noch an?

»Würden Sie einmal aufstehen?« bat der Direktor. »Gehen Sie einige Schritte hin und her!«

Alf tat es, er konnte sich sehen lassen, und er wußte es. Noch ein Pluspunkt für ihn!

Göbli nickte. »Was meinst du, Christa?«

Christa blickte Alf mit einem seltsam leeren Gesichtsausdruck an. Sie zuckte die Schultern.

»Nun«, drängte sie der Direktor.

»Er sieht gut aus«, antwortete sie widerstrebend.

Göbli ließ sich wieder in seinen Schreibtischstuhl sinken – er bildete eine harte Silhouette gegen die helle Fensterwand, durch die man in den Abgrund der Arena blicken konnte. »In Ordnung«, sagte er. »Sie haben sich freiwillig gemeldet, und Sie werden uns schriftlich bestätigen müssen, daß Sie im Falle eines Mißgeschicks keinerlei Ersatzansprüche stellen. Ich hoffe, Sie machen sich keine falschen Vorstellungen über den Beruf eines Gladiators. Gladiatoren sind alles andere als Partymenschen. Ihr Leben sieht anders aus, als es sich die Leute draußen vorstellen. Ein zuchtvolles Leben, Zurückhaltung beim Essen und Trinken, kein Alkohol, keine Affären – das ist Voraussetzung. Sie müssen sich dazu verpflichten, unsere Regeln einzuhalten. Haben Sie Verwandte?« Er stellte die Frage, obwohl er die Antwort schon kannte, denn das Computerprogramm eliminierte alle Bewerber mit Familienangehörigen selbst entfernterer Verwandschaftsgrade.

Alf Fisher schüttelte den Kopf. »Nein.«

»Keine Freunde? Mädchen?«

»Nein«, sagte Alf. »Ich komme direkt aus den Außenbereichen. Die letzten fünf Jahre habe ich mich in der Wildnis aufgehalten, die meiste Zeit allein. Und hier bin ich erst seit ein paar Tagen. Ich bin in keiner Weise gebunden.«

»Die Bedingungen unseres Vertrages sind Ihnen ja bekannt«, sagte Göbli, und nun wandte er sich seinem Besucher wieder zu. »Ich weise aber trotzdem noch einmal darauf hin, daß die werbliche Auswertung Ihres Status als Schaukämpfer mit allen Rechten und Nebenrechten unserer Agentur übertragen wird. Sie sind sich dessen bewußt?«

»Gewiß«, bestätigte Alf. »Es geht mir nicht ums Geschäft. Es geht mir um die Aufgabe. Ich möchte zeigen, was ich kann. Ich glaube, daß die Welt auch heute noch Menschen braucht, die sich hohe Ziele setzen – und diese erreichen. Das möchte ich beweisen. Das ist alles.«

»Fein«, sagte der Direktor. Er stand auf, trat auf Alf zu und drückte ihm die Hand. »Ich gratuliere Ihnen zu dieser Einstellung. Es ist genau die, die wir von unseren Männern erwarten. Wir haben jetzt noch zu tun – kommen Sie morgen vormittag wieder: Christa wird alles Weitere mit Ihnen regeln. Wenn Sie wollen, können Sie aber schon heute eines unserer Apartments beziehen. Hier ist die Adresse.«

Christa hatte einen Zettel aus einer Kartei genommen und reichte ihn nun Alf. Sie blickte dabei an ihm vorüber.

»Dann auf Wiedersehen!« Göbli deutete zur Tür und wandte sich wieder seinen Akten zu.

Alf Fisher murmelte einen Gruß und verließ den Raum. Langsam ging er die Treppen hinunter. Seine Beine zitterten, als hätte er schwere körperliche Arbeit geleistet. Er konnte es noch immer nicht fassen: Er war engagiert! Er war Schaukämpfer – er hatte die Chance seines Lebens erhalten. Heute noch unbekannt, morgen vielleicht ein Held!

Er merkte nicht, daß Christa oben am Fenster stand und ihm nachsah.

***

Der Tag seines ersten Kampfes! Die Zeit davor hatte er wie in Trance verbracht. Es war aber nicht die Benommenheit der Furcht oder des Zweifels, sondern die Konzentration auf die Stunde der Bewährung – eine Sammlung aller Kräfte, Mobilisierung der letzten Reserven. Er hatte jahrelang geübt, um diese Stufe der Selbstbeherrschung zu erreichen.

Und dann ging alles überraschend schnell – er legte die Panzerung an, den Helm, die Schulterstücke, die Schaumstoffpolster für Unterleib und Beine, und er prüfte die Waffen, die man ihm gegeben hatte. Er kannte alle Modelle, und sie lagen ihm gut in der Hand.

Endlich stand er draußen innerhalb des Kreises. Obwohl der Gravitonenschild das Licht nicht beeinflußte, hatte er das Gefühl, inmitten einer matt schimmernden Kugel zu stehen. Der Ring der Zuschauer im Außenraum war nur undeutlich zu erkennen – ein Wellen und Wogen wie an der Meeresoberfläche über einer Untiefe.

Das alles aber war nur Kulisse, unbedeutend, nicht beachtenswert. Wichtig war allein das Tier, das dort drüben, auf der anderen Seite der Sandfläche hockte, eine Flugechse von Aldebaran, die lauernd dasaß, die muskelbesetzten Hebel ihrer Hinterbeine hochaufgewinkelt, die Flughäute gespannt. Er kannte diese Tiere: Sie waren blitzschnell, sie pflegten ihre Gegner mit den spitzen Schnäbeln im Gleitflug zu erreichen und aufzuspießen. Das übrige besorgten dann die wie Messer wirkenden Auswüchse an den Fußgelenken.

Alf Fisher hatte keine Zeit zum Überlegen. Das Ungeheuer blähte sich einen Moment lang auf und fuhr dann mit einem bestürzend schnellen Satz auf ihn zu, ein lebender Pfeil, dessen tödliche Spitze der Schnabel aus stahlhartem Horn war. Hätte er eine Sekunde gezögert, wäre er getroffen worden. So aber glitt er mit einer eleganten Bewegung beiseite, und von dem Moment an gab es keine Bedenken, keine Überlegungen mehr – er agierte und reagierte geschmeidig, mit zunehmender Sicherheit, wurde kühl bis zur Ernüchterung, und gewann dann wieder Freude an den prächtigen Reflexen seines Gehirns und seiner Muskeln, die die Auseinandersetzung zu einem Tanz machten, indem er die Schrittfolge zu bestimmen schien, eine Demonstration der Gewandtheit und Überlegenheit. Er gebrauchte seine Waffen sparsam, benützte die Elektropeitsche nur, um das Tier aufzustacheln, ähnlich wie die Stierkämpfer früherer Tage. Und er selbst bestimmte das Ende, nicht zu früh und nicht zu spät: Mit einem mächtigen Satz sprang er auf den breiten Rücken des Reptils, der Bruchteil einer Sekunde reichte ihm, um die vorbereitete Haftladung am dritten Nackenwirbel zu befestigen. Er befand sich bereits wieder zehn Meter von der Echse entfernt, als die Ladung losging und eine Fontäne von Blut, Knochen und Hornsubstanz auslöste. Und dann war das Tier nur noch ein zuckender Haufen Fleisch.

***

Der Direktor ließ sich die Statistiken über den Bildschirm ausgeben: die Zuschauerzahlen, die Einschaltquoten, die Wettergebnisse. Er verglich die Zahlen mit den Notizen auf seinem Block und hakte Zeile für Zeile ab. Dann wandte er sich subtileren Analysen zu: den Vorhersagen der Sportredaktionen, den Umfrageergebnissen, dem Beliebtheitstest.

»Er macht sich gut«, murmelte er.

Unversehens blickte er auf, wandte sich zu Christa. »Hast du gehört? Er macht sich gut.«

»Wer macht sich gut?« fragte Christa.

»Alf Fisher, wer sonst?«

Christa nickte nur.

»Wirklich vorbildlich, dieser Mann. Er nimmt seinen Beruf ernst. Immer pünktlich beim Training. Nicht der kleinste Versuch, sich einmal ohne Rücksicht auf die Vorschriften zu amüsieren.« Er wiegte den Kopf, blätterte in einigen Zeitungsausschnitten aus Illustrierten. »Groß und blond, sympathisch. Verschlossen und humorlos. Ein Kämpferherz – und beschränkte Intelligenz. Er erinnert mich an jemanden. Mir fällt der Name nicht ein. Weißt du, wen ich meine?«

Christa schüttelte den Kopf. »Nein.«

»Und kein einziges illegales Geschäft! Ehrlichkeit, Dummheit, Gleichgültigkeit. Manchmal kenne ich mich mit den jungen Leuten nicht mehr aus.«

»Muß es immer gleich Dummheit sein, wenn sich jemand nicht für Geschäfte interessiert?« fragte Christa plötzlich angriffslustig.

Göbli schob die Akten beiseite und zeichnete sinnlose Figuren auf die Schreibunterlage – Pfeile, die in alle möglichen Richtungen wiesen. »Wieviel Kämpfe sollen wir ihn noch bestehen lassen, was meinst du?«

»Er hat doch erst drei hinter sich«, erwiderte Christa. Sie wollte noch etwas hinzufügen, doch dann schwieg sie.

»Er ist überraschend schnell auf der Beliebtheitsskala gestiegen. Sollen wir das weiterlaufen lassen? Brauchen wir einen neuen Star? Ich hab' ihn nicht als Star engagiert. Er hat auch keine Chancen, einer der ganz Großen zu werden. Dazu hat er zu wenig Ausstrahlung. Er ist zu kühl. Ich muß ihn so einsetzen, wie es das Geschäft verlangt. Vielleicht noch drei- oder viermal. Dann . . . Er drückte auf einige Knöpfe der Tastatur; die Zahlen auf dem Bildschirm verschwanden.

***

An diesem Abend wartete Christa, bis Alf die Trainingsräume verließ. Er machte freiwillig mehr, als von ihm verlangt wurde, und so hatte sie eine halbe Stunde warten müssen. Sie tat so, als sei das Zusammentreffen rein zufällig. Er war überrascht; ob er erfreut war, konnte sie nicht erkennen.

»Was tun Sie eigentlich, wenn Sie nicht trainieren?« fragte Christa, als sie gemeinsam den Weg der Grünanlage, die das Stadion umschloß, entlanggingen.

»Ich studiere das Verhalten der Tiere. Ich probiere neue Waffen aus. Ich lasse mir die Videobänder von alten Kämpfen abspielen. Ich habe genug zu tun – mir ist nicht langweilig.«

»Füllt Sie das wirklich aus?« fragte Christa. »Warum tun Sie das eigentlich? Wissen Sie nicht, daß Sie Ihr Leben riskieren? Wollen Sie unbedingt ein Held sein – ist es das?«

Alf zögerte mit der Antwort. »Ein Held sein . . . vielleicht. Aber nicht so, wie Sie meinen. Nicht wegen der Leute, der Zuschauer. Ich will die Kämpfe bestehen – als Prüfung für mich selbst. Ich möchte wissen, wozu der Mensch fähig ist. Diese Tiere sind stärker und schneller als wir, es sind Raubtiere, auf gewaltsames Töten ausgerichtet. Und auf der anderen Seite ein schwaches Wesen, das sich gegen sie wehrt. So begann der Aufstieg der Menschheit – daß wir uns gegen äußere Gewalt zu verteidigen hatten. Diese Fähigkeiten sind noch nicht erloschen. Man muß sie am Leben erhalten.«

»Handelt es sich denn wirklich um einen ausgeglichenen Kampf? Dazu müßten die Chancen gleich verteilt sein. Das mag früher einmal so gewesen sein – aber heute? Da ist der Mensch, der sich durch künstliche Spielregeln auf einige wenige leichte Waffen beschränkt, und da ist das Tier, von fernen Planeten herangebracht, nur um abgeschlachtet zu werden. Hat dieses mit allen Mitteln des Managements aufgezogene Theater noch die geringste Ähnlichkeit mit den Kämpfen des Menschen der Vorzeit?«

»Eben deshalb beschränken wir unsere Ausrüstung auf ein Minimum«, warf Alf ein, »damit echte Auseinandersetzungen zustande kommen, ein Wettbewerb zwischen gleich starken Partnern. Die Tiere sind durchaus nicht nur Schlachtvieh, sie haben ihre Chance. Und wenn sie gewinnen, bleiben sie am Leben – alle Zoodirektoren der Welt freuen sich, daß sie auf diese Weise Schaustücke aus fremden Welten bekommen, noch dazu solche, die unter den Klimabedingungen der Erde existieren können.«

Während er sprach, blickte ihn Christa immer wieder von der

Seite her an. Jetzt hatte er für Momente seine Kälte verloren – man spürte das Engagement in seinen Worten. Sie berührten Christa mehr, als sie sich merken ließ. Als er geendet hatte, sagte sie nur leise: »Ich habe nicht die Tiere gemeint.«

Sonst benutzte Alf die Untergrundbahn, um in sein Apartment zu kommen. Diesmal brachte ihn Christa in ihrem Auto hin. Als er ausstieg, fragte er sie, ob sie mit ihm kommen wolle. Es war ein spontaner Einfall, den er sich selbst nicht erklären konnte, eine Reaktion auf irgend etwas in ihrem Verhalten, das er zweifellos nicht bewußt empfunden hatte. Kaum waren die Worte ausgesprochen, so spürte er so etwas wie Verlegenheit, und er wollte mit einem Hinweis auf die gute Aussicht von seiner Wohnung oder auf die neue Stereoanlage fortfahren, doch noch ehe er dazu kam, hatte Christa schon zugesagt. Sie parkte ihren Wagen und ging mit ihm.

Er fühlte sich noch immer unsicher, als sie sein Apartment betraten, aber Christa benahm sich völlig unbefangen und natürlich. Sie ging von selbst in die Küche, um ein Mixgetränk zusammenzubrauen, etwas aus Milch und Früchten, denn Alf trank weder Kaffee noch Alkohol. Dann saßen sie zusammen vor der Fensterwand und sahen über die flachen Dächer der neuen Stadtteile, die um das Stadion herum entstanden waren – es war eine ganze Industrie, die davon lebte. Aber jetzt dachten sie nicht an Magazine, Fernsehinterviews, Publicity-Shows, sondern sie blickten über die Szenerie, als wäre es ein fremdes Land mit fremden Bewohnern – so, als ob sie Abstand von allem hätten, als wäre diese Kulisse nur aufgebaut, um mit ihrem nebelverhangenen kubischen Relief das Besondere der Situation zu unterstreichen, die sich überraschend ergeben hatte.

Alf hatte Christa nie sonderliche Beachtung geschenkt, nicht deshalb, weil sie ihm nicht gefallen hätte oder weil sie, wie man munkelte, die Geliebte des Direktors war. Er hatte sich nicht für sie interessiert, weil er sich für niemand anderen interessierte, weil er in seiner Aufgabe völlig aufging. Zu seiner eigenen Überraschung fühlte er sich an diesem Abend ungemein wohl, und fast war ihm, als lernte er eine Dimension des Lebens kennen, die ihm bisher entgangen war. Er hatte sich immer als Einzelgänger gefühlt, und er war auf seine Unabhängigkeit stolz gewesen. Oft war es ihm schwergefallen, Distanz zu halten, es hatte Männer gegeben, Abenteurer wie er, die ihn gern zum

Partner gehabt hätten, und auch einige Frauen, die es gar nicht zu verbergen versuchten, daß er ihnen gefiel. Aber ihnen allen war er ausgewichen, hatte sich von ihnen getrennt, oft abrupt und rücksichtslos – sobald er merkte, daß sich da eine Bindung ergeben könnte, die seine Freiheit behindern würde. Deshalb schätzte er die Mädchen, die sich in der Nähe der Raumflughäfen herumtrieben – weil sie wußten, was die Männer, die von langen Expeditionen zurückkamen, Jäger und Prospektoren, brauchten und wofür sie Geld übrighatten. Das war ein ehrliches Verhältnis, jeder wußte, was er wollte und was er zu geben bereit war, und einige Stunden später war alles vorbei und vergessen, man fühlte sich entlastet und frei.

Und nun war ein Mädchen bei ihm, ganz anders als jene, die er bisher kennengelernt hatte. Sie war hübsch und klug und hatte eine feste Position im Leben, doch sie war mit ihm gekommen wie ein Flittchen vom Touristenviertel. Und als sie nun die Schuhe abstreifte, die Beine anzog und sich an ihn lehnte, da waren ihre Absichten völlig klar, und sie machte auch keinen Versuch, es zu verbergen. Er reagierte fast mechanisch, er zog sie an sich, vergrub sein Gesicht in ihrem Haar, ließ eine Hand an ihrem Rücken spielen, während die andere ihre Wange streichelte, doch auf einmal merkte er etwas Ungewohntes in ihrem Verhalten, obwohl sie nichts anderes tat als alle anderen Mädchen – eine Art rückhaltloser Hingabe, eine Intensität des Gefühls, die ihn erschreckte und wehrlos machte, zugleich aber auch das Empfinden ungeahnten Glücks. Ihm war, als kenne er dieses Mädchen seit Urzeiten her, und er spürte, so unglaublich es auch war, daß er mit einer echten, heftigen, geradezu verzweifelten Leidenschaft geliebt wurde. War das noch die kühle Christa mit dem unbeweglichen Puppengesicht, die unnahbare Schöne an der Seite eines modernen Imperators, der mit Menschen und Schicksalen spielte? Plötzlich war sie ein Mensch aus Fleisch und Blut, plötzlich hatte sie ihre Maske verloren, zeigte eine neue Persönlichkeit – menschlich offenherzig, sensibel und verletzlich. Und dann traf es ihn wie ein Schlag, als er erkannte, daß auch bei ihm einige Minuten genügt hatten, um fest gefaßte Vorsätze zum Wanken zu bringen, daß er anfällig war wie alle anderen, beeinflußbar, charakterlos . . .

Er stand abrupt auf und sagte: »Morgen kämpfe ich gegen eine Hornspinne. Es hat erst einen Kampf mit einem solchen Tier gegeben, ich muß mir die Aufzeichnung ansehen.«

»Stört es dich, wenn ich noch ein wenig hierbleibe?«

»Wenn du unbedingt willst«, antwortete Alf kalt. Er legte die Videokassette ein und zog den Vorhang vor der Großbildwand beiseite. Er drückte auf einen Knopf, und die Klarsichtscheiben der Fenster wurden dunkelbraun. Dämmerung senkte sich über den Raum, als wäre draußen plötzlich ein Unwetter aufgezogen.

Und dann erschienen die Szenen des Kampfes an der Wand – lebensgroß, in Stereo, so wie man es von einem Vorzugsplatz der Tribüne aus sieht. Alf war wieder voll konzentriert, er registrierte jede Bewegung des Tiers und des Kämpfers. Es war ein hochgewachsener blonder Mann, der sich sicher und geschickt bewegte. Selbst Alf fiel es auf, daß er ihm ähnelte.

Christa kauerte in einem Stuhl, der hinten in einer Ecke stand. Daß es gerade dieser Kampf sein mußte! Sie hätte die Fäuste vor die Augen pressen wollen, aber sie war zu keiner Bewegung fähig. Mit aufgerissenen Augen verfolgte sie das Geschehen.

Der Kampf verlief zuerst ganz nach Programm, geführt von einer überlegenen Intelligenz. Der Mann zeigte, was er konnte, es war fast wie ein Spiel, das er mit dem Raubtier trieb, er näherte sich ihm, ließ die Arme scheinbar achtlos sinken und wartete in Wirklichkeit doch mit höchster Aufmerksamkeit auf die geringste Regung . . . um dann, wenn der Hieb des Horns erfolgte, zur Seite zu schnellen und den Strang der Elektropeitsche über die gerippte Haut zu ziehen.

Doch dann änderte sich der Ablauf plötzlich auf unvorhergesehene Weise. Die Bestie schien von Minute zu Minute an Kraft und Schnelligkeit zu gewinnen, der Mann, der immer noch ruhig und gelassen vorging, wurde mehr und mehr in die Verteidigung gedrängt, er erhielt einen Schlag mit dem Horn und noch einen, er war verwundet und wehrte sich immer noch, und er bekam weitere Schläge, die ihn an der Abwehr hinderten, und zuletzt lag er bewegungslos mit zerschmetterten Knien am Boden und suchte die Angriffe mit der Machete abzuwehren. An dieser Stelle erwachte Christa aus ihrer Erstarrung. Sie drehte sich um und preßte ihr Gesicht gegen ein Kissen. Sie kannte jede Szene des Geschehens, das dort ablief – kein Kampf mehr, sondern nur noch die letzten Zuckungen einer Kreatur, die systematisch und effektvoll abgeschlachtet wurde. Es sah fast so aus, als fühlte sich die Bestie nun überlegen, als wollte sie den Spieß umkehren und beweisen, daß auch sie die Spielregeln kannte. Und so kam dieser Tod nicht unvorhergesehen und überraschend, sondern allmählich, Stück für Stück, und er zerstörte nicht nur den Körper, sondern auch den Stolz des Mannes, der da am Boden lag und begriff, daß er besiegt worden war und daß es mit ihm zu Ende ging.

Als Christa die Augen öffnete, war der Bildschirm dunkel, und Alf saß nachdenklich auf der Couch.

Christa nahm nun ihre ganze Kraft zusammen, um ihre Erregung zu unterdrücken. Sie stand auf, trat vor und setzte sich neben Alf. »Hast du dir den Kampf genau angesehen?« fragte sie.

Alf nickte.

»Er hat verloren«, sagte Christa. Sie schwiegen eine Weile.

Dann fragte sie: »Willst du es nicht aufgeben?«

Alf blickte sie erstaunt an. »Weshalb aufgeben?«

»Hast du es nicht gemerkt? Das Tier war ihm überlegen. Du mußt es doch beobachtet haben: wie sich plötzlich sein Verhalten änderte, wie es den Schlägen auswich und selbst mit seinen Hieben traf. Hast du keine Angst, auch du könntest ihm unterlegen sein?«

»Ich habe alles genau beobachtet«, antwortete Alf. »Der Mann wurde müde. Gewiß, er war tüchtig, aber die Kondition hat nicht gereicht. Man muß mit dem Gegner wachsen – das hat er nicht fertiggebracht. Er bekam etwas ab, und er hat sich viel zu schnell ergeben. Er hat seinen Tod verdient.«

»Wie hart du bist«, flüsterte Christa.

»Ich muß hart sein, sonst kann ich diese Kämpfe nicht bestehen.«

»Du gibst nicht auf, auch wenn ich dich darum bitte?«

»Nein«, antwortete Alf.

***

Es war erst sein vierter Kampf – das genügte noch nicht, um zum Publikumsliebling zu avancieren. Aber jeder der Kämpfe war ein Schritt auf seinem Weg, und schon jetzt fühlte er die Ruhe des Routiniers. Die Vorbereitungen gingen so selbstverständlich vor sich, daß er ihnen keinerlei bewußte Aufmerksamkeit schenken mußte, und die Schritte hinunter zum Schleusentor, durch das die

Gladiatoren in die Arena traten, waren ihm schon so vertraut, daß er sich auch im Schlaf zurechtgefunden hätte.

Und dann stand er draußen, im rieselnden Sand, gepanzert, mit Machete, Elektropeitsche und Flammenwerfer ausgestattet. Ohne zu zögern, ging er gegen die Mitte zu. Wie aus weiter Ferne drangen die Sprechchöre an sein Ohr, mit denen ihn das Publikum feierte. Es war ein rauschhaftes Erlebnis, und er brauchte es wie ein Süchtiger die Droge.

Sein Herz schlug keine Spur schneller als sonst, und er war so ruhig, daß er sich selbst beobachten konnte: seine Aktionen, seine Entschlüsse, seine Gefühle. Er wußte, daß er der geborene Kämpfer war. Wie kann einer auf die Dauer bestehen, wenn er an die Gunst des Publikums denkt oder an Geschäfte in der Werbung oder in den Shows?

Er hob die Peitsche und ließ sie knallen, daß die Funken sprühten . . . Er wollte das Tier, das dort drüben hockte, herausfordern, aus der Ruhe bringen.

Jetzt bewegte es sich, eine Hornspinne, fast noch größer als jene, die er gestern auf dem Bildschirm verfolgt hatte. Auf ihren acht Beinen glitt sie über den Sand wie ein Luftkissenfahrzeug, und obwohl sie sich auf einer weiten Spirale rund um ihn herum bewegte und ihm in halbseitlicher Stellung zugewandt war, hatte er den Eindruck, daß sämtliche roten Augenpaare auf ihn gerichtet waren.

Wieder knallte er mit der Peitsche, und dann lief er einige schnelle Schritte auf das Tier zu. Dieses stand nun unbewegt, nur die Haare des Nackenpelzes bewegten sich in Wellen. Und dann, schneller als es irgendein anderes Wesen vermocht hatte, kam die Spinne auf ihn zu, drei Meter hoch, sechs Meter breit, mit Beinen, von denen jedes den Leibdurchmesser um ein Mehrfaches übertraf.

Alf ließ einen kurzen Strahl aus seinem Flammenwerfer gleiten; und er richtete ihn auf eine dieser langen segmentierten Gliedmaßen, um das Tier in seiner Bewegung zu hindern. Er hatte gut getroffen. Die Spinne blieb einen Moment stehen und hob das verletzte Bein, doch mit den übrigen sieben lief sie dann genauso behend wie zuvor und kam weiter auf ihn zu.

Nun gebrauchte Alf seine Peitsche, und im selben Moment mußte er auch schon dem ersten Schlag mit dem gefährlichen Horn ausweichen.

Jetzt erst begann der Kampf – alles andere war Vorgeplänkel gewesen. Und Alf war in seinem Element. Stöße aus dem Flammenwerfer, Hiebe mit der Peitsche, Schläge mit der Machete, blitzschnelles Parieren, Ausweichen, Abducken . . . das Spiel lief, wie er es bestimmte. Er war voll konzentriert, nüchtern trotz aller kämpferischen Begeisterung, und obwohl ihn das ohrenbetäubende Geheul der Menge nur wie durch Watte hindurch erreichte, so war es doch das Bewußtsein, von den Wünschen und Hoffnungen unzähliger Menschen getragen zu sein, das ihn immer wieder neu bestärkte und beflügelte.

Und dann merkte er plötzlich, daß dieser Kampf schon länger dauerte als alle anderen zuvor und daß es Zeit wäre, ihn zu beenden. Er sprang vor, hob die Machete – und in dem Moment schnellte der Kopf der Spinne vor . . . So schnell, wie es kein Auge erfassen konnte, hatte er einen Stoß an die Hüfte erhalten, der ihn in einem hohen Bogen emporwarf und in den Sand fallen ließ. Einen Moment lang blieb ihm der Atem weg, für einen Augenblick verstummte der Lärm um ihn herum, er lag regungslos auf dem Rücken, das Gesicht gegen den Himmel gewandt, und in der blendenden Helle des sonnendurchwirkten gelblichen Plexiglases der Überdachung erschien ihm Christas goldblondes Haar in einer fließenden Bewegung, in einem Gefunkel auftauchender und wieder verschwindender Reflexe, und er wollte nichts als so liegen bleiben und dieser Bewegung folgen . . .

Ein stinkender Hauch weckte ihn aus seinem Dämmerzustand, der ekelerregende Atem des Tieres, und nun erinnerte er sich fast unwillig der bestürzenden Wirklichkeit. Er war wieder hellwach, und es war auch höchste Zeit, denn vor ihm, ganz nah, tauchte das Muster der roten Augen auf, und die beängstigenden Zakkenreihen von Freßwerkzeugen, die nach ihm griffen. Er nahm alle seine Kraft zusammen, um sich zur Seite zu werfen, und dicht neben ihm stäubte der Sand.

Alf sprang auf. Das Tier hatte sich ein wenig zurückgezogen, aber schon näherte es sich wieder. Und in dem Moment spürte er den Schmerz an der Seite, die Atemnot in den Lungen, die Schwäche in den Muskeln . . .

Wieder war das Tier über ihm, er fand keine Zeit mehr, die Machete zu heben, sondern versuchte sich durch einen Sprung in Sicherheit zu bringen. Trotzdem streifte ihn das Horn, und diesmal war es ein Arm, der durch den Schlag gefühllos wurde und leblos herabhing. Der Flammenwerfer entglitt seiner Hand.

Alf merkte, daß er schwächer und schwächer wurde. Was er sich aber mit weitaus größerer Bestürzung eingestehen mußte, war die Tatsache, daß er Angst hatte. Und dieses Gefühl war so ungewohnt für ihn, daß es ihn für einen Moment vom Geschehen ringsherum ablenkte, daß er sich selbst beobachtete – und registrierte, daß eine lähmende Kälte von seinem Magen aus in seinen Körper einsickerte . . . Seine Bewegungen wurden langsamer und kosteten ungeheure Mühe, als befände er sich inmitten einer zähflüssigen Masse. Unwillkürlich blickte er in das Rund des Stadions, aber die Menge, die sich auf den Rängen drängte, hatte nichts Menschliches an sich, und sicher nichts, das ihm irgendwie helfen konnte.

Noch immer vermochte er sich der Angriffe des Tieres zu erwehren, und gelegentlich traf er sogar mit seiner Machete oder mit dem Strang der Elektropeitsche. Dem Tier war allerdings keinerlei Wirkung anzumerken. Und während er nur noch mechanisch reagierte, fragte er sich nach dem Grund für sein Versagen. Er mußte an den gestrigen Abend denken, daran, daß er für kurze Zeit seine Grundsätze vergessen hatte, und vielleicht war das nun die gerechte Strafe, die ihn traf. Christa . . . war sie es gewesen, die die Angst in ihn gepflanzt hatte? Ihre Warnungen, ihre Befürchtungen . . .

Da traf ihn wieder ein Schlag des Horns, und er sank in die Knie – die letzte Kraft war aus seinen Beinen gewichen.

Wieder erinnerte er sich an die Szene, die er gestern gesehen hatte. Und mit zähneknirschender Verzweiflung mußte er erkennen, daß es ihm nun ebenso ergehen würde wie jenem anderen einsamen Kämpfer. Er würde einen qualvollen langsamen Tod erleiden – wie ein Stück Vieh.

***

Der Lärm der tobenden Menge wurde durch die schallgedämmten Wände ausgesperrt, doch die Lautsprecher gaben ihn als leises Rauschen wider – Untermalung zum Geschehen, das sich unten abspielte.

Der Direktor saß vor dem Videoschirm, der die Kampffläche von oben zeigte. Ins Glas war ein rotes Koordinatennetz eingegraben. Neben ihm saß Christa, die Hände auf der Tastatur der Kontrollautomatik.

»Objekt auf C 7. Gegenstoß. Reaktionszeit 1,5 Sekunden. Objekt auf C 8, D 9 . . . Gut so!«

Christas Hände hantierten wie auf einem Instrument. Von ihrem Sitz aus konnte sie beobachten, was auf dem Bildschirm geschah, obwohl das für ihre Aufgabe nicht nötig gewesen wäre.

»Objekt auf D 7, D 8 . . . Reaktionszeit 1 Sekunde. Zusammenstoß . . .«

»Er kämpft gut, nicht wahr?« fragte der Direktor.

Christa nickte kaum merklich.

»Objekt auf E 4, E 5, F 6, F 7 . . . parieren – Gegenstoß!«

Im Gesicht des Mädchens zuckte es. Es zögerte.

»Gegenstoß!« schrie der Direktor. »Hast du nicht gehört?«

Das Mädchen drückte eine Taste nieder. Ein tausendstimmiger Schreckensruf ließ die Membrane der Lautsprecher vibrieren.

»Reaktionszeit 0,5!«

Christa hob die Hände von der Tastatur. »Was hast du vor? Es ist doch erst sein vierter Kampf! Du wolltest doch . . .«

Der Chef wandte sich vom Bildschirm ab. »Er ist dir doch gleichgültig, wie!«

Das Mädchen nickte.

»Dann vorwärts!« forderte er. »G 3, G 2 . . . parieren – Gegenstoß!«

Der Direktor starrte auf den Bildschirm, wartete . . .

»Warum machst du das?« fragte Christa.

»Warum sollte ich nicht?« fragte Göbli. »Er ist zu schnell bekannt geworden – er ist reif. Du bist doch sonst nicht so zimperlich!«

»Gib ihm eine Chance!« bat Christa.

»Was meinst du? Soll ich den Kampf abbrechen?«

»Nur eine Chance«, wiederholte Christa. »Laß ihn einfach kämpfen, nur kämpfen – warum willst du auch noch eingreifen, es erwischt ihn noch früh genug!«

»Du bist verrückt! Wozu lassen wir den Tieren Elektroden ins Gehirn pflanzen? Wozu das komplizierte System der Fernsteuerung? Wozu die Richtantenne und der Sender? Da können wir doch gleich Stierkämpfe aufführen.« Er schlug mit der Faust auf das Pult. »Hast du denn nicht begriffen, daß das die Idee ist, der wir den Erfolg verdanken: daß wir die Kämpfe inszenieren. Daß wir sie vorbereiten und planen – damit die Show genauso abläuft, daß ein Maximum an Spannung resultiert!«

»Ist das jetzt noch notwendig?« fragte Christa. »Du bist längst ganz oben, niemand kann dir deinen Rang streitig machen. Selbst wenn du auf die Steuerung verzichtest!«

»Und die Wetten? Hast du vergessen, daß die Wetteinnahmen den größten Teil des Verdienstes ausmachen? Jetzt nimm dich endlich zusammen! Objekt auf F 5, Sprung auf C 2 . . . Angriff!«

Das Mädchen bewegte sich nicht.

Der Chef wandte sich vom Bildschirm ab. »Er ist dir doch gleichgültig, wie?«

Das Mädchen nickte.

»Dann vorwärts! Der Kampf dauert sowieso schon zu lange! Objekt auf C 1. Angriff!«

Das Mädchen saß unbeweglich.

Der Mann lächelte grausam. »Laß mich lieber selbst an den Schalttisch. Du bist deiner Aufgabe nicht gewachsen!«

Christa stand auf. Nun hatte sie einen Ausblick durch das große Fenster der Vorderfront, hinab in die Arena. Dort unten lag der Mann im Sand, und dicht vor ihm, mit hocherhobenem Horn, stand die Spinne. Das Mädchen trat zurück, zuvor aber griff es rasch zur Tastatur und drückte einen Knopf. Wieder drang der schrille Aufschrei der Menge aus den Lautsprechern. Der Direktor starrte auf den Bildschirm. Dort waren nun die beiden Punkte zu einem verschmolzen. Der Blick des Mädchens war leer und hing irgendwo im Ungewissen. Der Schaukampf war zu Ende.

2000 Jahre später

Zehn Jahre waren sie unterwegs gewesen, beziehungsweise 2000 Jahre – von der Erde aus gesehen. Im Moment ihres Starts hatte sich für die Menschheit der Zeitablauf gespalten: in die normale Zeit der Daheimgebliebenen, die ihren gleichmäßigen Ablauf fortsetzte, wie das seit Jahrmillionen geschehen war; und in die »langsame« Zeit der Astronauten, die sich nahe an der Lichtgeschwindigkeit durch das All bewegten. Natürlich hatten sie es alle gewußt, die Einsteinsche Relativitätstheorie gehörte zum Grundbestand ihrer Bildung – doch sie waren mit der Unbekümmertheit der Jugend darüber hinweggegangen. Sie alle hatten keine Angehörigen gehabt, an die sie sich besonders gebunden gefühlt hätten, und allem dem gegenüber, das ihnen auf der Erde angenehm erschien, wog nichts den unstillbaren Wunsch auf, den Kreis der Fesseln zu sprengen, der die Menschen in ihrem Raum, in ihrer Zeit festhält. Hier unten – alles bekannt, jedes Detail aufgenommen, erforscht, registriert – keine Möglichkeit mehr für Eroberungen und Entdeckungen, für die Konfrontation mit dem Unbekannten . . . Dort draußen: eine überwältigende Weite unübersehbarer Wunder, bisher dem Zugriff der Menschen entzogen. Doch die Gedanken arbeiteten weiter, der Erfindergeist wurde nicht müde, und dann kamen die Zerstrahlungsreaktoren und mit ihnen die Möglichkeit der superschnellen Schiffe. Das Tor zum Weltraum war geöffnet, man mußte es nur noch aufstoßen. Was bedeutete dagegen ein physikalischer Effekt wie die Zeitdilatation! Was sollte sich auf der Erde schon entscheidend ändern? Was blieb diesen Menschen auf ihrem zu eng gewordenen Planeten anderes übrig, als ihre Kraft fürs Überleben einzusetzen und daneben – vielleicht – noch ein wenig Freiraum zu gewinnen . . . ein wenig Entspannung, ein wenig Vergnügen, ein wenig Freude . . . Dort draußen dagegen, jenseits des Sonnensystems . . . was bedeutete da schon die Zeitdilatation, das Zwillingsparadoxon? Das alles unter der Voraussetzung, daß Albert Einstein überhaupt recht gehabt hatte – denn bisher hatte das kein Mensch bewiesen.

Und nun kehrten sie zurück. Hatte es sich gelohnt? Die Mikrofilmrollen waren belichtet, die Computerspeicher gefüllt. Auch ihrem Gedächtnis waren die Eindrücke der langen Fahrt eingeprägt: Sternkonstellationen, Dunkelwolken, Planetensysteme, Monde. Einige Landungen, Aufenthalte in Fels- und Sandwüsten, am Rande von aufgetürmten Faltengebirgen oder verkrusteten Vulkanen. Einsamkeit, Finsternis, Langeweile. Einige Mineralien, die allenfalls Kristallographen zum Staunen gebracht hätten, Gesteine, ein wenig anders als auf der Erde oder auf dem Mond. An zwei oder drei Stellen Anflug von Leben, Kugelzellen unter dem Mikroskop, braunrote Tupfer von Algenkolonien, Überzüge von Schimmel an der Unterseite von Gesteinsbrocken. Sie hatten vermessen, analysiert, photographiert. Hatten Proben gesammelt, mit Etiketten versehen und in Watte gepackt. Hatte sich ihre Arbeit gelohnt? Am Anfang waren sie sicher gewesen, nun zweifelten sie daran. Im Dienste der Menschheit . . . Und das Ergebnis? Wer würde sich überhaupt dafür interessieren? Einige wissenschaftliche Publikationen, einige neue Vitrinen in Museen – war das den Einsatz wert?

Eigentlich waren sie recht gut miteinander ausgekommen. Sie hatten miteinander gearbeitet, miteinander ihre Freizeit verbracht, waren sich über dieses einig gewesen und hatten über jenes gestritten . . . Zu größeren Auseinandersetzungen war es nicht gekommen – sie waren nach strengen psychologischen Grundsätzen ausgewählt worden. Anpassungsfähiges Naturell, Ausgeglichenheit, einwandfreies soziales Verhalten . . . anders ausgedrückt: Es waren Phlegmatiker, gutmütig, unauffällig, sympathisch, ohne umwerfende eigene Ideen. Verbunden hatte sie eine gedämpfte Begeisterung für den endlosen Sternenraum, eine gewisse Verachtung für die schwerebehaftete Erde und ihre Bewohner. Wenn sie auch zu stolz waren, um ihren Stolz zu zeigen, so hatten sie sich doch als Auserwählte gefühlt. Aber mit der Zeit war das verflogen. Als sie nun zurückkehrten, waren sie ein wenig nachdenklicher geworden, ein wenig skeptischer. Sie hatten ein wenig von ihrer Sicherheit verloren, und ihre Unruhe stieg, als dann plötzlich der blaugrüne Ball unter ihnen auftauchte.

Es kam ihnen vor, als sei es gestern gewesen . . . Zehn Jahre – eine lange Zeit, gemessen an einem Leben. In Wirklichkeit hatte es keine zehn Jahre gedauert. Neun Zehntel davon hatten sie in künstlicher Erstarrung verbracht, sonst hätten sie die mehrfachen Beschleunigungs- und Verzögerungsphasen nicht ertragen können. Also nur ein Jahr! Um es ein Jahr auf einem einsamen

Posten aushalten zu können, bedarf es keiner ungewöhnlichen Kondition, keiner Berufung ... Die Besatzungen der alten Segelschiffe, Wissenschaftler auf einsamen Inseln und in der Arktis, Techniker auf Relaisstation im Orbit, Astronomen auf der Rückseite des Mondes – einige von ihnen hatten länger im Abseits gelebt, hatten es schwerer gehabt. Sie waren nicht die ersten, die nach einer langen Zeit der Trennung zurückkamen.

Aber freilich – eine Besonderheit gab es doch – eben diese verrückte Zeitdilatation. Es ist eben keine gewöhnliche Rückkehr, eher die Ankunft in einem fremden Land. Doch was bedeutete schon »fremd«? Fremd: Das ist das Ödland eines fernen Himmelskörpers, die Wildnis kristallbedeckter Monde, das Chaos durcheinandertreibender Planetoiden. Fremd: Das ist die Umgebung eines dahinpfeilenden Raumschiffs, das Vakuum, die Dunkelheit, die Kälte. Demgegenüber war die Erde vertraut – so entlegen konnte keiner ihrer Winkel sein, so abwegig keine Entwicklung der Zukunft ... Vielleicht hatten sich die Menschen dort unten ein wenig verändert, ihre Bräuche, ihre Moden, aber es würden eben Menschen sein – so wie sie. Vielleicht erwartete man sie, vielleicht hatte man sie auch vergessen ... einerlei. Nun kehrten sie zurück, und sie würden versuchen, aus dem Rest ihres Lebens das Beste zu machen.

In einer weitgezogenen Spirale näherten sie sich dem Erdball. Mehrfach querten sie die Tag- und die Nachtseite, und sie alle wechselten sich an den Teleskopen ab, um etwas zu sehen, was sie nun zehn Jahre – oder auch zwei Jahrtausende – nicht mehr gesehen hatten: Anzeichen intelligenten Lebens, Siedlungen, Straßen, Staudämme, Flugplätze ... Doch noch war nichts zu erkennen. Die Farbe war noch immer blau und grün, da und dort traten auch schon gelbe und braune Sprenkel hervor, doch noch schien alles wie unter einem Nebel verborgen, obwohl sie schon auf einige Dutzend Kilometer hinuntergegangen waren.

Matt Cowpland, der Kommandant, hatte den Platz am Okular eingenommen, er starrte in die Tiefe, doch er ertappte sich bei der Betrachtung ganz anderer Bilder. Er war sich klar darüber, daß es noch lange dauern würde, ehe sich seine Wunschträume erfüllten: sonnenüberstrahlte Berge mit schneebedeckten Gipfeln, der Anblick weitgeschwungener Täler von einsamen Stufen über Steilwänden aus, Skiabfahrten durch eisige, klare Luft ... Gewiß, zunächst einmal würde er seine Aufgabe beenden müssen, Pressekonferenzen, Fachgespräche, Vorträge . . . Aber später . . . einmal würde er Zeit haben, um seine Träume zu verwirklichen, freie Zeit, so gut wie unbeschränkt, der würzige Geruch von Lärchenholz, ein Schluck klaren Wassers aus der hohlen Hand . . .

Walt Osterman, der Astrophysiker, hatte seine Stirn an die beheizte Scheibe des Kanzelfensters gelegt. Dort unten immer noch der blaugrüne Nebel . . . Dahinter aber . . . Einige Jahre hindurch hatte er sich mit Kunstgeschichte beschäftigt, einige Zeit sogar geschwankt, ob er bei seiner Astrophysik bleiben sollte. Er war dabei geblieben, und im Laufe der Zeit war er immer sicherer geworden, daß sein Entschluß richtig gewesen war. Doch in den letzten Jahren der Expedition . . . er konnte an sich selbst beobachten, daß ihm die Sterne immer gleichgültiger wurden. Selbst die ungewöhnlichsten Strahlungen, die seltsamsten Gasgemische . . . in seinen freien Stunden rief er sich die großen Bauwerke der Menschheit vor Augen, die Säulen und Kapitäle, die Maßwerke der Gotik, die überschwellende Pracht der Renaissance . . . Er brauchte eine ganze Weile, bis er sich selbst eingestand: Das alles schien viel interessanter, viel lebendiger, viel aufregender als die Trümmer toter Materie, die, Lichtjahre voneinander getrennt, durch den leeren Raum trieben.

Jesse Wendeis, der Biologe, hatte sich in den bequemen Stuhl des Piloten zurückgezogen. Vielleicht war die Enttäuschung für ihn am größten gewesen: Der Weltraum hatte sich als der lebensfeindliche Raum erwiesen, der zu erwarten gewesen war. Er war an seine Aufgabe herangegangen wie ein Spieler: ein hoher Einsatz – zehn Jahre seines Lebens! –, und dafür die Chance ungewöhnlicher Entdeckungen. Auf diese Chance hatte er gezählt, und er hatte verloren. Die paar primitiven Einzeller, die paar Algen und Flechten . . . Natürlich konnte man etwas Spektakuläres daraus machen, extraterrestrisches Leben, die ersten Informationen über biologische Prozesse an der Schwelle millionenlanger Entwicklungen! Früher, am Beginn der Reise, hatte er sich ausgemalt, wie er den Kollegen die neuen Erkenntnisse anbieten würde. Zum Teil hatte er sogar schon den Wortlaut seiner Publikationen entworfen – ganz auf den Überraschungseffekt abgestimmt, den er als einziger Wissender beliebig dosieren und steigern konnte. Und dann wurde ihm all das plötzlich gleichgültig – nun waren es ganz andere Dinge, die er sich von der Erde erhoffte: faule Stunden am Strand, ein Ausschnitt des Himmels, von Palmwedeln umrahmt, dazu das leise Rauschen des Wellenschlags, das Singen des Sandes, den der Wind vor sich her trieb . . . und nebenan, spürbar auch ohne Berührung, ein Mädchen, das nur darauf wartete, bis er sich ihm zuwandte und es in die Arme nahm. Dieses Bild hatte sich ganz fest in ihm eingeprägt, und seine Überlegungen richteten sich nur noch darauf, ob dieses Mädchen weiß oder braun, blond oder brünett sein würde . . .

Alf Kerner, der Techniker, hatte den Radargenerator eingeschaltet, das Echolot in Betrieb genommen. Und so war er der erste, der nach einer langen Zeit, deren Dauer eigentlich immer noch unbestimmt war, Spuren menschlicher Besiedelung sah: das Blockwerk einer Stadt, über die sie jetzt, zehn Kilometer höher, darüberschwebten. Noch war keine Bewegung darin zu sehen, keine Fahrzeuge, keine Fußgänger, doch diese Stadt war jedenfalls vorhanden, sie war unbeschädigt, und damit verflog eine geheime Furcht, die Alf still mit sich herumgetragen hatte: daß sich die Menschheit in der Zwischenzeit selbst vernichtet hätte, die Erde radioaktiv verseucht, die Städte dem Boden gleichgemacht. Diese Städte bedeuteten Alf mehr als alles andere – er war kein Romantiker wie Matt, Walt und Jesse. Sich in die freie Natur zurückzuziehen, sich mit alten Kunstwerken beschäftigen . . . Sie waren lange genug mit der Natur und mit der Vergangenheit konfrontiert gewesen. Was er sich wünschte, war die Gegenwart, war das pulsierende Leben, war die Großstadt mit ihrem Lärm, ihren Lichtern, ihren dahinhastenden Menschen. Er würde sich hineinstürzen wie ein anderer ins Wasser oder in den Schnee, er würde in Kinos gehen und in Bars, fremde Menschen ansprechen und mit ihnen trinken . . . Die Vorstellungen, die sich in ihm während langer Nächte des Dahinträumens herausgebildet hatten, waren so klar und lebendig, als seien sie schon Wirklichkeit geworden.

Und dann näherten sie sich ihrem Landeplatz. Sie waren einmal darüber gekreist und hatten festgestellt, daß das Areal noch existierte, in der welligen Umgebung säuberlich eingeebnet, und daß man anstandslos darauf landen konnte. Hatte es etwas zu bedeuten, daß ihre Funksprüche unbeantwortet blieben? Vielleicht gab es auf der Erde schon ganz andere Systeme der Verständigung, vielleicht hatte man die Raketenfahrt aufgegeben, und die Anlagen waren nicht mehr besetzt. Gleichwohl – sie brauchten keine äußere Hilfe zur Landung. Nun näherten sie sich endgültig der anvisierten Stelle und setzten unbeschädigt auf.

Sie warteten ein wenig, bis die oberflächlich geschmolzene Erdschicht abgekühlt und verkrustet war, dann stiegen sie aus und gingen in ihren abgewetzten Monturen auf das nächste Gebäude zu. Kein Mensch rundum.

Sie standen in der großen Halle, ihre Schritte hatten Spuren im Staub hinterlassen. Plötzlich eine Stimme aus mehreren Lautsprechern: »Willkommen! Wir beglückwünschen euch zur Rückkehr! Wir haben euch nicht vergessen. Alles ist für euch vorbereitet. Begebt euch in den Erfrischungsraum – und wir werden für euer Wohlergehen sorgen.« Oberhalb einer Tür blinkte nun ein blaues Licht.

Ein wenig unsicher traten sie heran, die Türflügel glitten auf ein unsichtbares Signal hin auseinander. Milder, orangegetönter Schein im Raum dahinter. Sie traten ein, und die Tür schloß sich hinter ihnen. Ein eigenartiger aromatischer Geruch schwebte im Raum, leise Musik erklang. Obwohl sich das Licht nicht zu verändern schien, waren sie plötzlich geblendet. Sie schlossen die Augen und fühlten, wie sich tausend winzige Hände an ihnen regten. Und dann überkam sie die große Müdigkeit . . .

Matt Cowpland warf noch einen letzten Blick zurück, über die Gegend jenseits des Grats mit ihrer diamantenen Schneelandschaft, mit den blauen Schatten im Westen der Steilhänge . . . Dann stützte er sich auf die Stöcke und ließ sich abwärts gleiten. Die Fahrt wurde schneller und schneller, und er stellte mit tiefer Genugtuung fest, wie vollkommen er jeden Schwung beherrschte, wie sicher er sich bewegte, trotz der rasenden Fahrt. Dort unten, jenseits des Schneefeldes, wartete jemand auf ihn, und er war glücklich darüber, obwohl er nicht wußte, wer es war. Im Moment aber hätte er diese Fahrt fortsetzen können immer weiter, ohne aufzuhören . . .

Walt Osterman stand am Ende eines Wandelgangs der Alhambra. Vor ihm ein Becken, langsam bewegtes Wasser, aus einem Brunnen genährt. Rechts und links von ihm Reliefdarstellungen – Bänder, geschwungen und gezackt, vielfach ineinander gefädelt, als Relief im weißen Marmor. Vor ihm der Durchblick in einen weiteren Saal, dann ein weiteres Tor, und noch ein Saal, und schließlich ein Fenster – der Durchblick auf die nächtliche

Stadt, Konturen von Gebäuden, schwarz gegen den tiefblauen Himmel, Punktfäden von Lichtern, warm wie Kerzenschein. Walt stand völlig in sich gekehrt da, in den Anblick versunken. Und er wollte auch nicht die geringste Bewegung machen, bis er auch noch die letzte Einzelheit des wunderbaren Bildes in sich aufgenommen hatte . . .

Jesse Wendeis erwachte aus einem tiefen Schlaf. Einen Moment lang versuchte er sich an das zu erinnern, was vorher war, doch es gelang ihm nicht, und es war auch unwichtig. Er öffnete die Augen, richtete sich auf . . . Sekundenlanges Schwindelgefühl – ein Überstrom von Wärme und Licht. Er wandte sich nach rechts, und plötzlich war er sich nicht mehr ihm unklaren darüber, ob ihre Haut hell oder dunkel, ihr Haar blond oder braun war. Sie kam ihm entgegen, er fühlte sie weich und zärtlich an sich . . . So begann ein neuer Traum für ihn, aus dem er nie mehr erwachen mochte . . .

Alf Kerner sprang mit einem Satz vom Laufband . . . er taumelte ein wenig, aber nicht aus Unsicherheit, sondern vor Glück. Die Bewegungen um ihn herum, die Geräusche, die aufblitzenden Lichter – Reklamebeleuchtung, Neonröhren, Lumineszenzfackeln –, das alles verband sich zu einem Reigen, der alles mit sich zog, ohne Gelegenheit zur Besinnung zu lassen – und das war gut so. Der Eingang zu einem Revuetheater, ein goldbetreßter Pförtner, das Geklingel und Getöse aus einem Spielsalon, Menschen in bunten Kleidern, Menschen in Masken. Jemand faßte ihn an der Hand, er fühlte die Berührung von Seide, den Duft eines Parfüms – und er lief mit, wenn er auch nicht wußte wohin, doch nichts in der Welt hätte ihn davon abhalten können, weiterzulaufen, immer weiter fort . . .

In der großen Maschine blinkten noch einige Lichtreihen, Stromimpulse liefen im Kreis, Transistoren stellten die Weichen, der Zustand war stabilisiert. Die maschinelle Intelligenz zog sich wieder in die Innenwelt zurück, in den Raum der wispernden Ströme, der einsichtigen Magnetkerne, der expansiven Prozesse einer imaginären Welt. Zusammenhänge, die noch niemand begriffen hatte, Erkenntnisse nie zuvor ausgeloteter Tiefe . . . irgendwann einmal, vor Myriaden Schwingungen der Quarzuhr, war das alles von Menschen eingeleitet worden – jetzt aber jedem biologischen Begreifen entzogen. Zur Bewältigung der praktischen Aufgaben genügte ein winziger Teil der Anlage, ein stochastisch gesteuerter Prozeßrechner, eingestellt auf latente Wünsche und Erwartungen. Die Lösung aller Probleme – die vollkommene Glücks- und Friedensmaschine. Nun arbeitete es von selbst weiter. Das System hatte den letzten Teil seiner Aufgabe erfüllt – zum Wohle der letzten vier Menschen, die noch unbefriedet geblieben waren. Nahezu 2000 Jahre hatte es gewartet, ohne eine Spur von Unsicherheit oder Ungeduld. Nun hatte sich alles erfüllt, wie vorgesehen. Jetzt konnte niemand mehr den Frieden stören.

Herbert W. Franke
in den suhrkamp taschenbüchern

Ypsilon minus. Mit einem Nachwort von Franz Rottensteiner. 1976. 168 S. Phantastische Bibliothek Band 3. st 358

Zarathustra kehrt zurück. Science-fiction-Erzählungen. 1977. 216 S. Phantastische Bibliothek Band 9. st 419

Sirius Transit. 1979. 170 S. Phantastische Bibliothek Band 30. st 535

Zone Null. Roman. 1980. 190 S. Phantastische Bibliothek Band 35. st 585

Einsteins Erben. Science-fiction-Geschichten. 1980. 166 S. Phantastische Bibliothek Band 41. st 603

Schule für Übermenschen. 1980. 160 S. Phantastische Bibliothek Band 58. st 730

Phantastische Bibliothek
in den suhrkamp taschenbüchern

Violetter Umschlag kennzeichnet die Bände der
»Phantastischen Bibliothek« innerhalb der *suhrkamp taschenbücher*

Band 1 Stanisław Lem, Nacht und Schimmel. Erzählungen. Aus dem Polnischen von I. Zimmermann-Göllheim. st 356
Band 2 H. P. Lovecraft, Das Ding auf der Schwelle. Unheimliche Geschichten. Deutsch von Rudolf Hermstein. st 357
Band 3 Herbert W. Franke. Ypsilon minus. st 358
Band 4 Blick vom anderen Ufer. Europäische Science-fiction. Herausgegeben von Franz Rottensteiner. st 359
Band 5 Gore Vidal, Messias. Roman. Deutsch von Helga und Peter von Tramin. st 390
Band 6 Ambrose Bierce, Das Spukhaus. Gespenstergeschichten. Deutsch von Gisela Günther, Anneliese Strauß und K. B. Leder. st 365
Band 7 Stanisław Lem, Transfer. Roman. Deutsch von Maria Kurecka. st 324
Band 8 H. P. Lovecraft, Der Fall Charles Dexter Ward. Zwei Horrorgeschichten. Aus dem Amerikanischen von Rudolf Hermstein. st 391
Band 9 Herbert W. Franke, Zarathustra kehrt zurück. st 410
Band 10 Algernon Blackwood, Besuch von Drüben. Gruselgeschichten. Aus dem Englischen von Friedrich Polakovics. st 411
Band 11 Stanisław Lem, Solaris. Roman. Aus dem Polnischen von I. Zimmermann-Göllheim. st 226
Band 12 Algernon Blackwood, Das leere Haus. Phantastische Geschichten. Deutsch von Friedrich Polakovics. st 30
Band 13 A. und B. Strugatzki, Die Schnecke am Hang. Aus dem Russischen von H. Földeak. Mit einem Nachwort von Darko Suvin. st 434
Band 14 Stanisław Lem, Die Untersuchung. Kriminalroman. Aus dem Polnischen von Jens Reuter und Hans Jürgen Mayer. st 435
Band 15 Philip K. Dick, UBIK. Science-fiction-Roman. Aus dem Amerikanischen von Renate Laux. st 440
Band 16 Stanisław Lem, Die Astronauten. Utopischer Roman. Aus dem Polnischen von Rudolf Pabel. st 441
Band 17 Phaïcon 3. Almanach der phantastischen Literatur. Herausgegeben von Rein A. Zondergeld. st 443
Band 18 Stanisław Lem, Die Jagd. Neue Geschichten des Piloten Pirx. Aus dem Polnischen von Roswitha Buschmann, Kurt Kelm, Barbara Sparing. st 302

Band 19 H. P. Lovecraft, Cthulhu. Geistergeschichten. Deutsch von H. C. Artmann. Vorwort von Giorgio Manganelli. st 29

Band 20 Stanisław Lem, Sterntagebücher. Aus dem Polnischen von Caesar Rymarowicz. Mit Zeichnungen des Autors. st 459

Band 21 Polaris 4. Ein Science-fiction-Almanach von Franz Rottensteiner. st 460

Band 22 Das unsichtbare Auge. Eine Sammlung von Phantomen und anderen unheimlichen Erscheinungen. Erzählungen. Herausgegeben von Kalju Kirde. st 477

Band 23 Stefan Grabiński, Das Abstellgleis und andere Erzählungen. Mit einem Nachwort von Stanisław Lem. Aus dem Polnischen von Klaus Staemmler. st 478

Band 24 H. P. Lovecraft, Berge des Wahnsinns. Zwei Horrorgeschichten. Deutsch von Rudolf Hermstein. st 220

Band 25 Stanisław Lem, Memoiren, gefunden in der Badewanne. Aus dem Polnischen von Walter Tiel. Mit einer Einleitung des Autors. st 508

Band 26 Gerd Maximovič, Die Erforschung des Omega-Planeten. Erzählungen. st 509

Band 27 Edgar Allan Poe, Der Fall des Hauses Ascher. Aus dem Amerikanischen von Arno Schmidt und Hans Wollschläger. st 517

Band 28 Algernon Blackwood, Der Griff aus dem Dunkel. Gespenstergeschichten. Deutsch von Friedrich Polakovics. st 518

Band 29 Stanisław Lem, Der futurologische Kongreß. Aus dem Polnischen von I. Zimmermann-Göllheim. st 534

Band 30 Herbert W. Franke, Sirius Transit. Roman. st 535

Band 31 Darko Suvin, Poetik der Science-fiction. Zur Theorie und Geschichte einer literarischen Gattung. Deutsch von Franz Rottensteiner. st 539

Band 32 M. R. James, Der Schatz des Abtes Thomas. Zehn Geistergeschichten. Aus dem Englischen von Friedrich Polakovics. st 540

Band 33 Stanisław Lem, Der Schnupfen. Kriminalroman. Autorisierte Übersetzung aus dem Polnischen von Klaus Staemmler. st 570

Band 34 Franz Rottensteiner (Hrsg.), ›Quarber Merkur‹. Aufsätze zur Science-fiction und Phantastischen Literatur. st 571

Band 35 Herbert W. Franke, Zone Null. Science-fiction-Roman. st 586

Band 36 Über Stanisław Lem. Herausgegeben von Werner Berthel. st 587 (erscheint im 2. Halbjahr 1981)

Band 37 Wie der Teufel den Professor holte. Science-fiction-Erzählungen aus Polaris 1. st 629

Band 38 Das Mädchen am Abhang. Science-fiction-Erzählungen aus Polaris 2. st 630

Band 39 Der Weltraumfriseur. Science-fiction-Erzählungen aus Polaris 3. st 631

Band 40 Die Büßerinnen aus dem Gnadenkloster. Phantastische Erzählungen aus Phaïcon 2. Herausgegeben und mit einem Vorwort von Rein A. Zondergeld. st 632

Band 41 Herbert W. Franke, Einsteins Erben. Science-fiction-Geschichten. st 603

Band 42 Edward Bulwer Lytton, Das kommende Geschlecht. Aus dem Englischen übersetzt von Michael Walter. st 609

Band 43 H. P. Lovecraft, Die Katzen von Ulthar und andere Erzählungen. Deutsch von Michael Walter. st 625

Band 44 Phaïcon 4. Almanach der phantastischen Literatur. Herausgegeben von Rein A. Zondergeld. st 636

Band 45 Johanna Braun, Günter Braun, Unheimliche Erscheinungsformen auf Omega XI. Utopischer Roman. st 646

Band 46 Bernd Ulbrich, Der unsichtbare Kreis. Utopische Erzählungen. st 652

Band 47 Stanisław Lem, Imaginäre Größe. Aus dem Polnischen von Caesar Rymarowicz. st 652

Band 48 H. W. Franke, Paradies 3000. Science-fiction-Erzählungen. st 664

Band 49 Arkadi und Boris Strugatzki, Picknick am Wegesrand. Utopische Erzählung. Aus dem Russischen übersetzt von Aljonna Möckel. Mit einem Nachwort von Stanisław Lem. st 670 (erscheint im März 1981)

Band 50 Louis-Sébastien Mercier, Das Jahr 2440. Deutsch von Christian Felix Weiße (1771). Herausgegeben, mit Erläuterungen und einem Nachwort versehen von Herbert Jaumann. st 676 (erscheint im April 1981)

Band 51 Johanna Braun, Günter Braun, Der Fehlfaktor. Utopisch-phantastische Erzählungen. st 687 (erscheint im Mai 1981)

Band 52 H. P. Lovecraft, Stadt ohne Namen. Gespenstergeschichten. Aus dem Amerikanischen von Charlotte Gräfin von Klinckowstroem. Mit einem Nachwort von Dirk W. Mosig. st 694 (erscheint im Juni 1981)

Band 53 Leo Szilard, Die Stimme der Delphine. Utopische Science-fiction-Erzählungen. Mit einem Vorwort von Carl Friedrich von Weizsäcker. st 703 (erscheint im Juli 1981)

Band 54 Polaris 5. Ein Science-fiction-Almanach. Herausgegeben von Franz Rottensteiner. st 713
(erscheint im August 1981)

Band 55 Arthur Machen, Die leuchtende Pyramide und andere Geschichten des Schreckens. Aus dem Englischen von Herbert Preissler. st 720 (erscheint im September 1981)

Band 56 J. G. Ballard, Der ewige Tag und andere Erzählungen. Deutsch von Michael Walter. st 727 (erscheint im Oktober 1981)

Band 57 Stanisław Lem, Mondnacht. Hör- und Fernsehspiele. Aus dem Polnischen übersetzt von Klaus Staemmler, Charlotte Eckert, Jutta Janke und I. Zimmermann-Göllheim. st 729

Band 58 Herbert W. Franke. Schule für Übermenschen. st 730

Band 59 Joseph Sheridan Le Fanu, Der besessene Baronet und andere Geistergeschichten. Deutsch von Friedrich Polakovics. Mit einem Nachwort von Jörg Krichbaum. st 731

Band 60 Philip K. Dick, LSD-Astronauten. Deutsch von Anneliese Strauß. st 732

Alphabetisches Gesamtverzeichnis der suhrkamp taschenbücher

Achternbusch, Alexanderschlacht 61
- Die Stunde des Todes 449
- Happy oder Der Tag wird kommen 262
Adorno, Erziehung zur Mündigkeit 11
- Studien zum autoritären Charakter 107
- Versuch, das ›Endspiel‹ zu verstehen 72
- Versuch über Wagner 177
- Zur Dialektik des Engagements 134
Aitmatow, Der weiße Dampfer 51
Alegría, Die hungrigen Hunde 447
Alfvén, Atome, Mensch und Universum 139
- M 70 - Die Menschheit der siebziger Jahre 34
Allerleirauh 19
Alsheimer, Eine Reise nach Vietnam 628
- Vietnamesische Lehrjahre 73
Alter als Stigma 468
Anders, Kosmologische Humoreske 432
v. Ardenne, Ein glückliches Leben für Technik und Forschung 310
Arendt, Die verborgene Tradition 303
Arlt, Die sieben Irren 399
Arguedas, Die tiefen Flüsse 588
Artmann, Grünverschlossene Botschaft 82
- How much, schatzi? 136
- Lilienweißer Brief 498
- The Best of H. C. Artmann 275
- Unter der Bedeckung eines Hutes 337
Augustin, Raumlicht 660
Bachmann, Malina 641
v. Baeyer, Angst 118
Bahlow, Deutsches Namenlexikon 65
Balint, Fünf Minuten pro Patient 446
Ball, Hermann Hesse 385
Barnet (Hrsg.), Der Cimarrón 346
Basis 5, Jahrbuch für deutsche Gegenwartsliteratur 276
Basis 6, Jahrbuch für deutsche Gegenwartsliteratur 340
Basis 7, Jahrbuch für deutsche Gegenwartsliteratur 420
Basis 8, Jahrbuch für deutsche Gegenwartsliteratur 457
Basis 9, Jahrbuch für deutsche Gegenwartsliteratur 553
Basis 10, Jahrbuch für deutsche Gegenwartsliteratur 589
Beaucamp, Das Dilemma der Avantgarde 329
Becker, Jürgen, Eine Zeit ohne Wörter 20
Becker, Jurek, Irreführung der Behörden 271
- Der Boxer 526
- Schlaflose Tage 626
Beckett, Das letzte Band (dreisprachig) 200
- Der Namenlose 536
- Endspiel (dreisprachig) 171
- Glückliche Tage (dreisprachig) 248
- Malone stirbt 407
- Molloy 229
- Warten auf Godot (dreisprachig) 1
- Watt 46
Das Werk von Beckett. Berliner Colloquium 225
Materialien zu Beckett »Der Verwaiser« 605
Materialien zu Becketts »Godot« 104
Materialien zu Becketts »Godot« 2 475
Materialien zu Becketts Romanen 315
Behrens, Die weiße Frau 655
Benjamin, Der Stratege im Literaturkampf 176
- Illuminationen 345
- Über Haschisch 21
- Ursprung des deutschen Trauerspiels 69
Zur Aktualität Walter Benjamins 150
Bernhard, Das Kalkwerk 128
- Der Kulterer 306
- Frost 47
- Gehen 5
- Salzburger Stücke 257
Bertaux, Mutation der Menschheit 555
Beti, Perpétue und die Gewöhnung ans Unglück 677
Bierce, Das Spukhaus 365
Bingel, Lied für Zement 287
Bioy Casares, Fluchtplan 378
- Schweinekrieg 469
Blackwood, Besuch von Drüben 411
- Das leere Haus 30
- Der Griff aus dem Dunkel 518
Blatter, Zunehmendes Heimweh 649
Bloch, Spuren 451
- Atheismus im Christentum 144
Börne, Spiegelbild des Lebens 408
Bond, Bingo 283
- Die See 160
Brasch, Kargo 541
Braun, Johanna, Unheimliche Erscheinungsformen auf Omega XI 646
Braun, Das ungezwungne Leben Kasts 546
- Gedichte 499
- Stücke 1 198
- Stücke 2 680
Brecht, Frühe Stücke 201
- Gedichte 251
- Gedichte für Städtebewohner 640
- Geschichten vom Herrn Keuner 16
- Schriften zur Gesellschaft 199
Brecht in Augsburg 297
Bertolt Brechts Dreigroschenbuch 87
Brentano, Berliner Novellen 568
- Prozeß ohne Richter 427
Broch, Barbara 151
- Dramen 538
- Gedichte 572
- Massenwahntheorie 502
- Novellen 621
- Philosophische Schriften 1 u. 2 2 Bde. 375
- Politische Schriften 445
- Schlafwandler 472
- Schriften zur Literatur 1 246
- Schriften zur Literatur 2 247
- Schuldlosen 209
- Tod des Vergil 296
- Unbekannte Größe 393
- Verzauberung 350
Materialien zu »Der Tod des Vergil« 317
Brod, Der Prager Kreis 547
- Tycho Brahes Weg zu Gott 490
Broszat, 200 Jahre deutsche Polenpolitik 74
Brude-Firnau (Hrsg.), Aus den Tagebüchern Th. Herzls 374
Büßerinnen aus dem Gnadenkloster, Die 632
Bulwer-Lytton, Das kommende Geschlecht 609
Buono, Zur Prosa Brechts. Aufsätze 88
Butor, Paris–Rom oder Die Modifikation 89
Campbell, Der Heros in tausend Gestalten 424
Carossa, Ungleiche Welten 521
Über Hans Carossa 497

Carpentier, Explosion in der Kathedrale 370
– Krieg der Zeit 552
Celan, Mohn und Gedächtnis 231
– Von Schwelle zu Schwelle 301
Chomsky, Indochina und die amerikanische Krise 32
– Kambodscha Laos Nordvietnam 103
– Über Erkenntnis und Freiheit 91
Cioran, Die verfehlte Schöpfung 550
– Vom Nachteil geboren zu sein 549
– Syllogismen der Bitterkeit 607
Claes, Flachskopf 524
Condrau, Angst und Schuld als Grundprobleme in der Psychotherapie 305
Conrady, Literatur und Germanistik als Herausforderung 214
Cortázar, Bestiarium 543
– Das Feuer aller Feuer 298
– Ende des Spiels 373
Dahrendorf, Die neue Freiheit 623
– Lebenschancen 559
Dedecius, Überall ist Polen 195
Degner, Graugrün und Kastanienbraun 529
Der andere Hölderlin. Materialien zum »Hölderlin«-Stück von Peter Weiss 42
Dick, LSD-Astronauten 732
– UBIK 440
Doctorow, Das Buch Daniel 366
Döblin, Materialien zu »Alexanderplatz« 268
Dolto, Der Fall Dominique 140
Döring, Perspektiven einer Architektur 109
Donoso, Ort ohne Grenzen 515
Dorst, Dorothea Merz 511
– Stücke 1 437
– Stücke 2 438
Duddington, Baupläne der Pflanzen 45
Duke, Akupunktur 180
Duras, Hiroshima mon amour 112
Durzak, Gespräche über den Roman 318
Edschmidt, Georg Büchner 610
Ehrenburg, Das bewegte Leben des Lasik Roitschwantz 307
– 13 Pfeifen 405
Eich, Fünfzehn Hörspiele 120
Eliade, Bei den Zigeunerinnen 615
Eliot, Die Dramen 191
Zur Aktualität T. S. Eliots 222
Ellmann, James Joyce 2 Bde. 473
Enzensberger, Gedichte 1955–1970 4
– Der kurze Sommer der Anarchie 395
– Museum der modernen Poesie, 2 Bde. 476
– Politik und Verbrechen 442
Enzensberger (Hrsg.), Freisprüche. Revolutionäre vor Gericht 111
Eppendorfer, Der Ledermann spricht mit Hubert Fichte 580
Eschenburg, Über Autorität 178
Ewald, Innere Medizin in Stichworten I 97
– Innere Medizin in Stichworten II 98
Ewen, Bertolt Brecht 141
Fallada/Dorst, Kleiner Mann – was nun? 127
Feldenkrais, Abenteuer im Dschungel des Gehirns 663
– Bewußtheit durch Bewegung 429
Feuchtwanger (Hrsg.), Deutschland – Wandel und Bestand 335
Fischer, Von Grillparzer zu Kafka 284
Fleißer, Der Tiefseefisch 683
– Eine Zierde für den Verein 294
– Ingolstädter Stücke 403
Fletcher, Die Kunst des Samuel Beckett 272
Franke, Einsteins Erben 603
– Schule für Übermenschen 730
– Sirius Transit 535
– Ypsilon minus 358
– Zarathustra kehrt zurück 410
– Zone Null 585
v. Franz, Zahl und Zeit 602
Friede und die Unruhestifter, Der 145
Fries, Das nackte Mädchen auf der Straße 577
– Der Weg nach Oobliadooh 265
Frijling-Schreuder, Was sind das – Kinder? 119
Frisch, Andorra 277
– Dienstbüchlein 205
– Herr Biedermann / Rip van Winkle 599
– Homo faber 354
– Mein Name sei Gantenbein 286
– Stiller 105
– Stücke 1 70
– Stücke 2 81
– Tagebuch 1966–1971 256
– Wilhelm Tell für die Schule 2
Materialien zu Frischs »Biedermann und die Brandstifter« 503
– »Stiller« 2 Bde. 419
Frischmuth, Amoralische Kinderklapper 224
Froese, Zehn Gebote für Erwachsene 593
Fromm/Suzuki/de Martino, Zen-Buddhismus und Psychoanalyse 37
Fuchs, Todesbilder in der modernen Gesellschaft 102
Fuentes, Nichts als das Leben 343
Fühmann, Bagatelle, rundum positiv 426
– Erfahrungen und Widersprüche 338
– 22 Tage oder Die Hälfte des Lebens 463
Gadamer/Habermas, Das Erbe Hegels 596
Gall, Deleatur 639
García Lorca, Über Dichtung und Theater 196
Gibson, Lorcas Tod 197
Gilbert, Das Rätsel Ulysses 367
Glozer, Kunstkritiken 193
Goldstein, A. Freud, Solnit, Jenseits des Kindeswohls 212
Goma, Ostinato 138
Gorkij, Unzeitgemäße Gedanken über Kultur und Revolution 210
Grabiński, Abstellgleis 478
Griaule, Schwarze Genesis 624
Grossmann, Ossietzky. Ein deutscher Patriot 83
Habermas, Theorie und Praxis 9
– Kultur und Kritik 125
Habermas/Henrich, Zwei Reden 202
Hammel, Unsere Zukunft – die Stadt 59
Han Suyin, Die Morgenflut 234
Handke, Als das Wünschen noch geholfen hat 208
– Begrüßung des Aufsichtsrats 654
– Chronik der laufenden Ereignisse 3
– Das Ende des Flanierens 679
– Das Gewicht der Welt 500
– Die Angst des Tormanns beim Elfmeter 27
– Die Stunde der wahren Empfindung 452
– Die Unvernünftigen sterben aus 168
– Der kurze Brief 172
– Falsche Bewegung 258
– Hornissen 416
– Ich bin ein Bewohner des Elfenbeinturms 56
– Stücke 1 43
– Stücke 2 101
– Wunschloses Unglück 146
Hart Nibbrig, Ästhetik 491

Heiderich, Mit geschlossenen Augen 638
Heilbroner, Die Zukunft der Menschheit 280
Heller, Die Wiederkehr der Unschuld 396
– Nirgends wird Welt sein als innen 288
– Thomas Mann 243
Hellman, Eine unfertige Frau 292
Henle, Der neue Nahe Osten 24
v. Hentig, Die Sache und die Demokratie 245
– Magier oder Magister? 207
Herding (Hrsg.), Realismus als Widerspruch 493
Hermlin, Lektüre 1960–1971 215
Herzl, Aus den Tagebüchern 374
Hesse, Aus Indien 562
– Aus Kinderzeiten. Erzählungen Bd. 1 347
– Ausgewählte Briefe 211
– Briefe an Freunde 380
– Demian 206
– Der Europäer. Erzählungen Bd. 3 384
– Der Steppenwolf 175
– Die Gedichte. 2 Bde. 381
– Die Kunst des Müßiggangs 100
– Die Märchen 291
– Die Nürnberger Reise 227
– Die Verlobung. Erzählungen Bd. 2 368
– Die Welt der Bücher 415
– Eine Literaturgeschichte in Rezensionen 252
– Glasperlenspiel 79
– Innen und Außen. Erzählungen Bd. 4 413
– Klein und Wagner 116
– Kleine Freuden 360
– Kurgast 383
– Lektüre für Minuten 7
– Lektüre für Minuten. Neue Folge 240
– Narziß und Goldmund 274
– Peter Camenzind 161
– Politik des Gewissens, 2 Bde. 656
– Roßhalde 312
– Siddhartha 182
– Unterm Rad 52
– Von Wesen und Herkunft des Glasperlenspiels 382
Materialien zu Hesses »Demian« 1 166
Materialien zu Hesses »Demian« 2 316
Materialien zu Hesses »Glasperlenspiel« 1 80
Materialien zu Hesses »Glasperlenspiel« 2 108
Materialien zu Hesses »Siddhartha« 1 129
Materialien zu Hesses »Siddhartha« 2 282
Materialien zu Hesses »Steppenwolf« 53
Über Hermann Hesse 1 331
Über Hermann Hesse 2 332
Hermann Hesse – Eine Werkgeschichte von Siegfried Unseld 143
Hermann Hesses weltweite Wirkung 386
Hildesheimer, Hörspiele 363
– Mozart 598
– Paradies der falschen Vögel 295
– Stücke 362
Hinck, Von Heine zu Brecht 481
Hobsbawm, Die Banditen 66
Hofmann (Hrsg.), Schwangerschaftsunterbrechung 238
Hofmann, Werner, Gegenstimmen 554
Höllerer, Die Elephantenuhr 266
Holmqvist (Hrsg.), Das Buch der Nelly Sachs 398
Hortleder, Fußball 170
Horváth, Der ewige Spießer 131
– Die stille Revolution 254
– Ein Kind unserer Zeit 99
– Jugend ohne Gott 17
– Leben und Werk in Dokumenten und Bildern 67
– Sladek 163
Horváth/Schell, Geschichten aus dem Wienerwald 595
Hudelot, Der Lange Marsch 54
Hughes, Hurrikan im Karibischen Meer 394
Huizinga, Holländische Kultur im siebzehnten Jahrhundert 401
Ibragimbekow, Es gab keinen besseren Bruder 479
Ingold, Literatur und Aviatik 576
Innerhofer, Die großen Wörter 563
– Schattseite 542
– Schöne Tage 349
Inoue, Die Eiswand 551
Jakir, Kindheit in Gefangenschaft 152
James, Der Schatz des Abtes Thomas 540
Jens, Republikanische Reden 512
Johnson, Berliner Sachen 249
– Das dritte Buch über Achim 169
– Eine Reise nach Klagenfurt 235
– Mutmassungen über Jakob 147
– Zwei Ansichten 326
Jonke, Im Inland und im Ausland auch 156
Joyce, Ausgewählte Briefe 253
Joyce, Stanislaus, Meines Bruders Hüter 273
Junker/Link, Ein Mann ohne Klasse 528
Kappacher, Morgen 339
Kästner, Der Hund in der Sonne 270
– Offener Brief an die Königin von Griechenland. Beschreibungen, Bewunderungen 106
Kardiner/Preble, Wegbereiter der modernen Anthropologie 165
Kasack, Fälschungen 264
Kaschnitz, Der alte Garten 387
– Ein Lesebuch 647
– Steht noch dahin 57
– Zwischen Immer und Nie 425
Katharina II. in ihren Memoiren 25
Keen, Stimmen und Visionen 545
Kerr (Hrsg.), Über Robert Walser 1 483
– Über Robert Walser 2 484
– Über Robert Walser 3 556
Kessel, Herrn Brechers Fiasko 453
Kirde (Hrsg.), Das unsichtbare Auge 477
Kluge, Lebensläufe. Anwesenheitsliste für eine Beerdigung 186
Koch, Anton, Symbiose – Partnerschaft fürs Leben 304
Koch, Werner, Pilatus 650
– See-Leben I 132
– Wechseljahre oder See-Leben II 412
Koehler, Hinter den Bergen 456
Koeppen, Das Treibhaus 78
– Der Tod in Rom 241
– Eine unglückliche Liebe 392
– Nach Rußland und anderswohin 115
– Reise nach Frankreich 530
– Romanisches Café 71
– Tauben im Gras 601
Koestler, Der Yogi und der Kommissar 158
– Die Nachtwandler 579
– Die Wurzeln des Zufalls 181
Kolleritsch, Die grüne Seite 323
Konrád, Der Stadtgründer 633
– Besucher 492
Korff, Kernenergie und Moraltheologie 597
Kracauer, Das Ornament der Masse 371
– Die Angestellten 13
– Kino 126
Kraus, Magie der Sprache 204

Kroetz, Stücke 259
Krolow, Ein Gedicht entsteht 95
Kücker, Architektur zwischen Kunst und Konsum 309
Kühn, Josephine 587
- Ludwigslust 421
- N 93
- Siam-Siam 187
- Stanislaw der Schweiger 496
Kundera, Abschiedswalzer 591
- Das Leben ist anderswo 377
- Der Scherz 514
Lagercrantz, China-Report 8
Lander, Ein Sommer in der Woche der Itke K. 155
Laxness, Islandglocke 228
le Fanu, Der besessene Baronet 731
le Fort, Die Tochter Jephthas und andere Erzählungen 351
Lem, Astronauten 441
- Der futurologische Kongreß 534
- Der Schnupfen 570
- Die Jagd 302
- Die Untersuchung 435
- Imaginäre Größe 658
- Memoiren, gefunden in der Badewanne 508
- Mondnacht 729
- Nacht und Schimmel 356
- Solaris 226
- Sterntagebücher 459
- Summa technologiae 678
- Transfer 324
Lenz, Hermann, Andere Tage 461
- Der russische Regenbogen 531
- Der Tintenfisch in der Garage 620
- Die Augen eines Dieners 348
- Neue Zeit 505
- Tagebuch vom Überleben 659
- Verlassene Zimmer 436
Lepenies, Melancholie und Gesellschaft 63
Lese-Erlebnisse 2 458
Leutenegger, Vorabend 642
Lévi-Strauss, Rasse und Geschichte 62
- Strukturale Anthropologie 15
Lidz, Das menschliche Leben 162
Literatur aus der Schweiz 450
Lovecraft, Cthulhu 29
- Berge des Wahnsinns 220
- Das Ding auf der Schwelle 357
- Die Katzen von Ulthar 625
- Der Fall Charles Dexter Ward 391
MacLeish, Spiel um Job 422
Mächler, Das Leben Robert Walsers 321
Mädchen am Abhang, Das 630
Machado de Assis, Posthume Erinnerungen 494
Malson, Die wilden Kinder 55
Martinson, Die Nesseln blühen 279
- Der Weg hinaus 281
Mautner, Nestroy 465
Mayer, Georg Büchner und seine Zeit 58
- Wagner in Bayreuth 480
Materialien zu Hans Mayer, »Außenseiter« 448
Mayröcker. Ein Lesebuch 548
Maximovič, Die Erforschung des Omega Planeten 509
McHale, Der ökologische Kontext 90
Melchinger, Geschichte des politischen Theaters 153, 154
Meyer, Die Rückfahrt 578
- Eine entfernte Ähnlichkeit 242
- In Trubschachen 501
Miłosz, Verführtes Denken 278
Minder, Dichter in der Gesellschaft 33
- Kultur und Literatur in Deutschland und Frankreich 397
Mitscherlich, Massenpsychologie ohne Ressentiment 76
- Thesen zur Stadt der Zukunft 10
- Toleranz - Überprüfung eines Begriffs 213
Mitscherlich (Hrsg.), Bis hierher und nicht weiter 239
Molière, Drei Stücke 486
Mommsen, Kleists Kampf mit Goethe 513
Morselli, Licht am Ende des Tunnels 627
Moser, Gottesvergiftung 533
- Lehrjahre auf der Couch 352
Muschg, Albissers Grund 334
- Entfernte Bekannte 510
- Gottfried Keller 617
- Im Sommer des Hasen 263
- Liebesgeschichten 164
Myrdal, Asiatisches Drama 634
- Politisches Manifest 40
Nachtigall, Völkerkunde 184
Nizon, Canto 319
- Im Hause enden die Geschichten. Untertauchen 431
Norén, Die Bienenväter 117
Nossack, Das kennt man 336
- Der jüngere Bruder 133
- Die gestohlene Melodie 219
- Nach dem letzten Aufstand 653
- Spirale 50
- Um es kurz zu machen 255
Nossal, Antikörper und Immunität 44
Olvedi, LSD-Report 38
Onetti, Das kurze Leben 661
Painter, Marcel Proust, 2 Bde. 561
Paus (Hrsg.), Grenzerfahrung Tod 430
Payne, Der große Charlie 569
Pedretti, Harmloses, bitte 558
Penzoldts schönste Erzählungen 216
- Der arme Chatterton 462
- Die Kunst das Leben zu lieben 267
- Die Powenzbande 372
Pfeifer, Hesses weltweite Wirkung 506
Phaïcon 3 443
Phaïcon 4 636
Plenzdorf, Die Legende von Paul & Paula 173
- Die neuen Leiden des jungen W. 300
Pleticha (Hrsg.), Lese-Erlebnisse 2 458
Plessner, Diesseits der Utopie 148
- Die Frage nach der Conditio humana 361
- Zwischen Philosophie und Gesellschaft 544
Poe, Der Fall des Hauses Ascher 517
Politzer, Franz Kafka. Der Künstler 433
Portmann, Biologie und Geist 124
- Das Tier als soziales Wesen 444
Prangel (Hrsg.), Materialien zu Döblins »Alexanderplatz« 268
Proust, Briefe zum Leben, 2 Bde. 464
- Briefe zum Werk 404
- In Swanns Welt 644
Psychoanalyse und Justiz 167
Puig, Der schönste Tango 474
- Verraten von Rita Hayworth 344
Raddatz, Traditionen und Tendenzen 269
- ZEIT-Bibliothek der 100 Bücher 645
- ZEIT-Gespräche 520

Rathscheck, Konfliktstoff Arzneimittel 189
Regler, Das große Beispiel 439
- Das Ohr des Malchus 293
Reik (Hrsg.), Der eigene und der fremde Gott 221
Reinisch (Hrsg.), Jenseits der Erkenntnis 418
Reinshagen, Das Frühlingsfest 637
Reiwald, Die Gesellschaft und ihre Verbrecher 130
Riedel, Die Kontrolle des Luftverkehrs 203
Riesman, Wohlstand wofür? 113
– Wohlstand für wen? 114
Rilke, Materialien zu »Cornet« 190
– Materialien zu »Duineser Elegien« 574
– Materialien zu »Malte« 174
– Rilke heute 1 290
– Rilke heute 2 355
Rochefort, Eine Rose für Morrison 575
– Frühling für Anfänger 532
– Kinder unserer Zeit 487
– Mein Mann hat immer recht 428
– Ruhekissen 379
– Zum Glück gehts dem Sommer entgegen 523
Rosei, Landstriche 232
– Wege 311
Roth, Der große Horizont 327
– die autobiographie des albert einstein. Künstel. Der Wille zur Krankheit 230
Rottensteiner (Hrsg.), Blick vom anderen Ufer 359
– Polaris 4 460
– Quarber Merkur 571
Rüegg, Antike Geisteswelt 619
Rühle, Theater in unserer Zeit 325
Russell, Autobiographie I 22
– Autobiographie II 84
– Autobiographie III 192
– Eroberung des Glücks 389
v. Salis, Rilkes Schweizer Jahre 289
Sames, Die Zukunft der Metalle 157
Sarraute, Zeitalter des Mißtrauens 223
Schäfer, Erziehung im Ernstfall 557
Scheel/Apel, Die Bundeswehr und wir. Zwei Reden 522
Schickel, Große Mauer, Große Methode 314
Schimmang, Der schöne Vogel Phönix 527
Schneider, Der Balkon 455
– Die Hohenzollern 590
– Macht und Gnade 423
Über Reinhold Schneider 504
Schulte (Hrsg.), Spiele und Vorspiele 485
Schultz (Hrsg.), Der Friede und die Unruhestifter 145
– Politik ohne Gewalt? 330
– Wer ist das eigentlich – Gott? 135
Scorza, Trommelwirbel für Rancas 584
Semprun, Der zweite Tod 564
Shaw, Der Aufstand gegen die Ehe 328
– Der Sozialismus und die Natur des Menschen 121
– Die Aussichten des Christentums 18
– Politik für jedermann 643
Simpson, Biologie und Mensch 36
Sperr, Bayrische Trilogie 28
Spiele und Vorspiele 485
Steiner, George, In Blaubarts Burg 77
Steiner, Jörg, Ein Messer für den ehrlichen Finder 583
– Sprache und Schweigen 123
– Strafarbeit 471
Sternberger, Panorama oder Ansichten vom 19. Jahrhundert 179
– Gerechtigkeit für das 19. Jahrhundert 244
– Heinrich Heine und die Abschaffung der Sünde 308
Stierlin, Adolf Hitler 236
– Das Tun des Einen ist das Tun des Anderen 313
– Eltern und Kinder 618
Strausfeld (Hrsg.), Materialien zur lateinamerikanischen Literatur 341
– Aspekte zu Lezama Lima »Paradiso« 482
Strehler, Für ein menschlicheres Theater 417
Strindberg, Ein Lesebuch für die niederen Stände 402
Struck, Die Mutter 489
– Lieben 567
– Trennung 613
Strugatzki, Die Schnecke am Hang 434
Stuckenschmidt, Schöpfer der neuen Musik 183
– Maurice Ravel 353
– Neue Musik 657
Suvin, Poetik der Science Fiction 539
Swoboda, Die Qualität des Lebens 188
Szabó, I. Moses 22 142
Szczepański, Vor dem unbekannten Tribunal 594
Terkel, Der Große Krach 23
Timmermans, Pallieter 400
Trocchi, Die Kinder Kains 581
Ueding (Hrsg.), Materialien zu Hans Mayer, »Außenseiter« 448
Ulbrich, Der unsichtbare Kreis 652
Unseld, Hermann Hesse – Eine Werkgeschichte 143
– Begegnungen mit Hermann Hesse 218
– Peter Suhrkamp 260
Unseld (Hrsg.), Wie, warum und zu welchem Ende wurde ich Literaturhistoriker? 60
– Bertolt Brechts Dreigroschenbuch 87
– Zur Aktualität Walter Benjamins 150
– Mein erstes Lese-Erlebnis 250
Unterbrochene Schulstunde. Schriftsteller und Schule 48
Utschick, Die Veränderung der Sehnsucht 566
Vargas Llosa, Das grüne Haus 342
– Die Stadt und die Hunde 622
Vidal, Messias 390
Waggerl, Brot 299
Waley, Lebensweisheit im Alten China 217
Walser, Martin, Das Einhorn 159
– Der Sturz 322
– Ein fliehendes Pferd 600
– Ein Flugzeug über dem Haus 612
– Gesammelte Stücke 6
– Halbzeit 94
– Jenseits der Liebe 525
Walser, Robert, Briefe 488
– Der »Räuber« – Roman 320
– Poetenleben 388
Über Robert Walser 1 483
Über Robert Walser 2 484
Über Robert Walser 3 556
Weber-Kellermann, Die deutsche Familie 185
Weg der großen Yogis, Der 409
Weill, Ausgewählte Schriften 285
Über Kurt Weill 237
Weischedel, Skeptische Ethik 635
Weiss, Peter, Das Duell 41
Weiß, Ernst, Georg Letham 648
– Rekonvaleszenz 31
Materialien zu Weiss' »Hölderlin« 42
Weissberg-Cybulski, Hexensabbat 369
Weltraumfriseur, Der 631

Wendt, Moderne Dramaturgie 149
Wer ist das eigentlich – Gott? 135
Werner, Fritz, Wortelemente lat.-griech. Fachausdrücke in den biolog. Wissenschaften 64
Wie der Teufel den Professor holte 629
Wiese, Das Gedicht 376
Wilson, Auf dem Weg zum Finnischen Bahnhof 194
Wittgenstein, Philosophische Untersuchungen 14
Wolf, Die heiße Luft der Spiele 606
– Pilzer und Pelzer 466
– Punkt ist Punkt 122
Zeemann, Einübung in Katastrophen 565
Zimmer, Spiel um den Elefanten 519
Zivilmacht Europa – Supermacht oder Partner? 137